JN068564

小鳥神社奇譚

篠　綾子

幻冬舎時代小説文庫

幽霊草

小鳥神社奇譚

幽霊草

小烏神社奇譚

目次

一章　小鳥神社の家常茶飯

一

　朝、夜明けと同時に目を覚まし、自ら用意した飯を腹におさめ、身支度を整える。薬箱の中を検《あらた》め、足りない薬があれば薬味《やくみ》簞笥《だんす》の中から補充。薬箱をよいしょと背負って家を出た後は、よほどの雨降りでない限り、まずは小烏《こがらす》神社へ――。

　それが、医者にして本草《ほんぞう》学者である立花泰山《たちばなたいざん》の日課であった。

　しばらくぶりに家へ帰り、元の生活に戻った今、泰山は妙に落ち着かない。ふつうは我が家へ帰れば、心が安らぎ、穏やかな気持ちになるものだろう。

　だが、昨晩の泰山はそうならなかった。

　ひんやりと冷えた布団の薄さは、思ってもみない侘《わび》しさをもたらした。もっとも、本当に侘しいのは、布団のみすぼらしさや寝心地の悪さではなく、そばに誰もいないことだったかもしれない。

　さらに、目覚めてからも侘しさは続いた。買い置きの米も青物もなかったから、今朝は何も食べずに家を出た。懐《ふところ》に余裕のなかった頃、朝餉《あさげ》を抜くのはめずらしいことでもなかったのに、今朝は腹の虫が不満の声を上げる。そんなに腹が減っているなら、棒手振《ぼてふ》りの魚売りなり豆腐売りなりつかまえればいいのだが、それも億劫《おっくう》であった。

（竜晴《りゅうせい》たちと旅しているうちに、いつしか贅沢《ぜいたく》に慣れ、怠け癖がついてしまったのだな）

　小烏神社へ向かう道すがら、泰山は思った。

　時を超えた不思議な旅路では、金持ちの医者の家で客人待遇を受け、朝夕の食事も寝床もかなりよいものを与えられてきた。さらに、賀茂《かも》竜晴や付喪神《つくもがみ》の抜丸《ぬけまる》、そして途中からは小烏丸と一緒に起居してきた。そういう暮らしを当たり前のものだと勘違いしてしまったせいで、今がことさら侘しく感じられるのだろう。

（いかん、いかん。何事も贅沢は敵ということだ）

　貧しい食事も、自炊の面倒も、一人で寝起きする寂しさも、旅に出る前なら当たり前だった。早く以前の調子を取り戻さなければならない。

そうして自戒しているうちに、泰山は小烏神社に到着した。昨日は患者宅への訪問を優先して立ち去ったため、中へ入るのは久々である。

（薬草畑はどうなっているか。玉水《たまみず》が世話を約束してくれたのだから、無事であろうが……）

昨日、玉水とは顔を合わせていたが、ゆっくり話す暇もなかった。礼を言うことさえ忘れていたかもしれない。今日こそはちゃんと感謝の気持ちを伝えなければ、と心に刻みつつ、泰山は本殿と拝殿を通り過ぎ、奥の家屋へまっすぐ向かった。玄関へは行かず、居間の縁側に面した薬草畑のある庭先へと――。

「おお」

懐かしい畑を見た瞬間、泰山は思わず感動の声を上げてしまった。

春も半ばに差しかかろうというこの季節、黄連《おうれん》はすでに花期を終えて、緑の袋果《たいか》をつけ、忍冬《すいかずら》が白い花を咲かせている。もちろん、薬としての収穫は開花期とは限らない。黄連の根も忍冬の茎と葉も、すでに昨年の秋の終わり頃、収穫を終えていた。

「おっと、忍冬の花は生薬の金銀花《きんぎんか》になるんだったな。そのためには、蕾《つぼみ》のうちに摘み取らなければ……」

今、咲いている花もあるが、蕾もある。これは急いで収穫しなければ、と思いながら薬箱を下ろしかけた時、泰山は地面でうごめくものに気づいて、「おおっ」と驚きの声を上げた。

「これは、抜丸殿ではないか」

鎌首をもたげて動きを止めた白蛇に向かって、泰山は挨拶《あいさつ》した。竜晴に術をかけてもらって以来、泰山は付喪神の抜丸や小烏丸と会話できるようになった。時の流れを遡《さかのぼ》った異常さも手伝って、あれこれ思う暇もなかったが、よくよく考えてみれば、とてつもなく不思議なことだ。

もしや、すべてが夢だったのではないか——とは、昨日一人になってから、何度か心に湧き上がってきた疑問であった。

そして、今——。

もしも抜丸と話ができなかったら、どうしよう。いや、だからといって、どうなるわけでもないのだが、それではあまりに寂しすぎる。などと、泰山が忙《せわ》しなく考えていると、

「遅かったな、医者先生よ」

と、抜丸の言葉が聞こえてきた。以前は蛇が舌を動かして立てる音としか聞こえなかったものが、しっかり言葉として聞き取れる。よかったと安堵《あんど》すると同時に、仕合《しあわ》せな気分が泰山の心身を満たした。

「おお、抜丸殿も変わりなくて何より」

泰山は薬箱を地面に下ろすと、抜丸の目の前に屈《かが》んで、両手を差し出した。すると掌《てのひら》にのってきた抜丸を、同じ目の高さまで持ち上げると、

「半日ほどで、何がどう変わるというのだ」

と、抜丸があきれたふうに言った。どことなく棘《とげ》のある物言いだが、泰山に対する抜丸のしゃべり方はいつもこうだ。

「抜丸殿はさっそく薬草畑を見てくれていたのだな」

泰山は瑞々《みずみず》しい畑の薬草たちを見やりながら言った。

「さよう。これまでの我が働きも踏まえ、私に這いつくばって感謝してもよいのだぞ、医者先生」

「いや、まあ、感謝はしているが……」

白蛇に這いつくばる自分の姿はあまり想像したくない。

「そういえば、留守の間、世話をしてくれた玉水にも礼を言いたいのだが……」

「ふむ。玉水めも、まあ、そこそこ、しかるべき世話はできていたようだ。まあ、この私が直々《じきじき》に水やりと雑草取りのやり方を伝授したのだから、そのくらいはできて当たり前……」

と、抜丸が玉水の師匠は自分である——と言わんばかりに語っていた、まさにその時。

居間に通じる腰高障子ががたがたと音を立てて開くと、

「泰山先生っ！」

弾むような声と同時に、玉水が姿を現した。

「おお、玉水。昨日はろくに話せなかったが、お前も健やかそうで何より……」

と、泰山の言葉が終わらぬうちに、玉水が縁側からぴょんと跳んだ。突然消えた玉水の姿に、泰山は一瞬混乱する。だが、何が起きたのかを察するより早く、「うわっ」と声を上げて、尻餅をついていた。いつの間にか地面に這い下りていた抜丸に代わり、玉水が泰山の体の上に乗っかっている。

「た、玉水ー」

縁側から一間《いっけん》余りも離れていた泰山に、玉水は跳躍して抱きついたのだ。そのせいで、泰山は無様《ぶざま》にひっくり返ってしまった。

とても人間の子供の跳躍力ではなかったが、玉水は気狐《きこ》という狐の霊であったことを、泰山は思い出した。人間の少女にしか見えないが、これは化けているそうだ。ちなみに玉水は雄《お》の狐である。

「た、玉水、歓迎してくれるのはありがたいが、昨日も顔を合わせただろ」

首にかじりついたまま離れようとしない玉水に、泰山はとりあえず言った。

「昨日は宮司さまにすがりついて泣いてしまったので、泰山先生と再会の喜びを分かち合うことができませんでした。だから、これから、それをするんです」

「ううむ、再会したその時に分かち合わなければ、喜びも半減してしまうのではないかと思うが……」

泰山の独り言は玉水の耳にはまったく届いていない。玉水は泰山の上半身をぎゅうっと抱き締めてきた。

「ぐわっ」

この抱擁というのが、思わず声を上げてしまうほど力強くて痛い。

「ずっとお会いしたかったです、泰山先生。独りぼっちで寂しかったですけど、一生懸命がまんしたんですよ」

「……そ、その、少し離れてくれないと、お前の顔も見られないのだが」

泰山が息も絶え絶えになって言うと、「あ、そっか」と言いながら、玉水は両腕の力を解いた。驚くほどの強靭《きょうじん》な力は人ならざるものだからであろうか。

しかし、目の前で嬉しそうに顔を輝かせている玉水は、かわいらしい子供にしか見えない。泰山は込み上げてくる愛おしさに任せて、玉水の頭をそっと撫でた。

「お前が寂しかったことはよく分かった。さぞ大変だったろうに、薬草畑の世話もきちんとしてくれてありがとう」

「どういたしまして、です。薬草の世話をする度、泰山先生のことを思い出していました」

「そうか。それでは、挨拶が終わったところで、とりあえず私の上からどいてもらえないだろうか」

「あ、はい」

身を起こした玉水は、ようやく泰山の埃まみれの惨状に気がついたようだ。

「着物が汚れちゃいましたね。私が洗ってきれいにして差し上げますよ」

謝罪の言葉が一つもなく、嬉々として言われると、どうも調子が狂う。

「これ、玉水」

泰山の傍らの地面にいた抜丸が、玉水に厳しい声をかけた。

「医者先生の着物を汚した張本人はおぬしであろうに、謝りもせず、へらへら笑っているとは何事か」

「だって、泰山先生と再び会うことができて、嬉しいんですもの」

「それとこれとは、話が別だ。大体、医者先生はこれから患者のもとへ行かなくてはならぬというのに、着物なしでどうするのだ」

「まあまあ」

抜丸の叱責《しっせき》をなだめつつ、泰山は起き上がると、背中の土埃を手ではらった。倒れたのは乾いた地面だったので、さほど汚れてはいないようだが、患者のもとへはできるだけ清潔な格好で行かねばならない。

昨日まで着ていた小袖から、洗いたての小袖に替えたばかりだったのだが……。

少し情けない気持ちにはなったが、再会を心から喜んでくれる玉水を、泰山は叱る気にはなれなかった。

「医者先生が来ると、騒々しくなるな」

と、その時、庭木の上から一羽のカラスが舞い降りてきた。こちらも抜丸同様の付喪神で、その鳴き声を泰山はきちんと人語として聞き取ることができる。

「いや、私が騒々しくしようとしたわけでは……」

「事実であろう。まあ、玉水はずっと孤独をこらえていたのだ。少々羽目を外すくらいは許してやるがよい」

「いや、私は玉水を怒っていないが……」

泰山が言い終えぬうちに、今度は抜丸が割り込んできた。

「そもそも、玉水が留守を預かることになったのは誰のせいか、よく思い出せ。この愚か者のカラスめ。すべてはお前が責めを負わねばならぬ。つまり、玉水の無礼はお前が詫《わ》びろ」

「えー、それって、小鳥丸さんが泰山先生の着物を洗うってことですかあ？」

「何だと。どうして、我《われ》が医者先生の着物を……」

小烏丸と抜丸と玉水がやいのやいのとしゃべり出し、泰山としてはこの喧噪を収拾したいのだが、どう割り込めばいいのか分からない。

「そのう、皆、少し……」

話しかけてはみても、その言葉は誰の耳にも届いていないようだ。その時、

「お前たち」

縁側から竜晴の声が聞こえてきて、泰山は助かったとばかりに、顔を上げた。

竜晴は昨日までと変わらぬ姿で、縁側に立っている。付喪神たちと玉水はぴたりと静かになった。

決して大声を出すわけでもなく、また静かにしろと言うわけでもないのに、小烏神社の面々をたちどころに従わせてしまうこの威厳、さすがは竜晴だと、泰山はひそかに感心せずにはいられなかった。

二

騒々しさが収まったところで、竜晴は泰山を見つめた。ほっと安堵した表情を浮

かべているが、泰山の顔色はあまりよくない。

「昨夜はゆっくり休めたのか」

竜晴が尋ねると、泰山は一瞬虚を衝《つ》かれた表情を見せた。が、すぐ笑顔になると
「ああ」とうなずいた。

「お前はどうだった、竜晴」

医者の本分を忘れてはならぬとばかり、律義に訊《き》いてくる。

「私は大事ない」

「前に、あちらの世へ飛んだ時は、体への負担が大きかったろう。しばらく呪力《じゅりょく》も使えなかったようだし。ああいうことはないのか」

「ふむ。今度は二度目のせいか、それもない。いや、二度目だからというより、こちらの世にいる蜃《しん》の力で引っ張ってもらったため、前より負担が少なかったのかもしれぬ」

「そういうものなのか」

と、泰山は感銘を受けた様子で呟《つぶや》いた。

「竜晴さまの才とお力は並のものではないのだ。まあ、しかし、竜晴さまのお体を

気遣うのは、医者先生の本分というもの。それをきちんと果たそうとする心意気は悪くない」

　抜丸が「褒めてつかわす」と言わんばかりの調子で言った。

「ふむふむ。確かに医者先生の竜晴への貢献は、なかなかのものだ」

　小烏丸が負けじとばかりに後に続く。どう聞いても、偉そうな付喪神たちの物言いだが、ここで腹を立てたりしないのが泰山である。

「いや、医者としては当たり前のことでもあるし……」

　謙虚な態度で受けた後、「それよりも」と思い出したように続けた。

「お前がかけてくれた術はまだ効いているのだな。抜丸殿たちの言葉がきちんと聞き取れる」

「うむ。術を解いていないからな」

「竜晴が術を解かぬ限り、これはずっと続くものなのか」

「そうだな。術者である私の身に何かあるか、私よりも強い者に別の術でもかけられれば、話は別だが……」

「竜晴さまより強い者などいるはずがございません」

「竜晴の身が危うくなることも断じてない。我がついているのだからな」

抜丸と小烏丸が口々に言う。

「術を解いてほしいのならば、そうしよう」

竜晴が言うと、抜丸と小烏丸は互いに目と目を見交わし、それからすぐに泰山を見上げた。

「いやいや、解いてもらいたいなんて思うものか。むしろ逆だ。この術の効果が薄れていくものなら、困るなと思っていたくらいで……」

泰山は慌てて言う。

「ふむ。つまり、お前はこれからも付喪神たちと対話していきたいのだな」

「ああ。その、抜丸殿や小烏丸がどう思うかは、また別の話だが……」

泰山の眼差しが傍らの白蛇とカラスへ向かったところで、竜晴は口を開いた。

「泰山はこう言っているが、お前たちはどうなのだ。これからも、泰山と対話を続けていきたいか」

すると、付喪神たちは再び顔を見合わせた。

「無論です、竜晴さま。医者先生と話が通じないと、何かと誤解も生じますし」

抜丸が慌ただしい様子で言い、

「我も医者先生と意を交わしたい。これまでも、我は折に触れ、医者先生を励ましてきたというのに、言葉が届かぬのはもどかしかったからな」

と、小烏丸も追随する。

「付喪神たちもこう言っているし、差し支えがない限り、術は解かぬということでよかろう」

竜晴が話をまとめると、泰山も付喪神たちもほっとした表情を浮かべた。

「それじゃあ、これからは泰山先生に小烏丸さんや抜丸さんのお話をしてもいいんですね。皆さんで一緒におしゃべりもできますし、楽しくなりそうです！」

と、玉水も嬉しそうだ。

「ところで、泰山」

話が一段落したところで、竜晴はようやく本題に入った。

「先ほどお前はゆっくり休めたと言ったが、私の見るところ、どうもそうは思えない」

「なに、医者先生は竜晴に嘘を吐《つ》いたのか」

小烏丸が、世も末だと言わんばかりに叫ぶと、

「えぇーっ。泰山先生は嘘吐きになっちゃったんですか」

と、玉水が仰天《ぎょうてん》する。

「い、いや、嘘を吐いたわけでは……」

泰山はしどろもどろになった。

「泰山は嘘を吐いてはいない。昨日の今日で、私の体調に障《さわ》りがあるかもしれぬと気遣い、心配をかけまいとしての言葉なのだろう」

「竜晴、お前……」

泰山が何やらひどく感動した様子で呟いた。

「どうした」

「いや、何というか、以前のお前なら、そういう人の心の動きを推し量ることはなかったと思ってな」

「ふむ。私もお前の頭の中の仕組みくらいは分かるようになったということか」

「いやはや、なかなかに感慨深いな」

泰山はしみじみ言うが、「そんなことよりも」と竜晴は話を元に戻した。

「お前はゆっくり休んでいないのだろう」

「うーむ。眠れなかったわけではないし、休むには休んだのだ。だから、嘘を吐いたわけではない。ただ、すっかり疲れが取れたかといえば、昨日までとがらっと違う暮らしぶりになったわけで……」

泰山が昨晩のことを述べているうち、ぐううと腹の虫が鳴いた。

「えっ、泰山先生、もしかしてお腹が減ってるんですか」

玉水が大きな声で遠慮のない訊き方をする。

「いや、そのう」

「もしや、朝餉を食べていないのではないか」

竜晴が尋ねると、

「まあ、恥ずかしながら、そういうことだ」

泰山はきまり悪そうにうなずいた。

「そうか。米やら食材やらがなかったのだな」

竜晴は改めてそのことに思い至った。留守中の泰山の家に食材は備蓄されていなかったろう。

「実は出かける前、食べられるものは近所の人に差し上げてしまった。いつ戻れるかも分からなかったからな」

「ならば、近所の人に返してくれと言えばいいのではないか」

小烏丸が不思議そうに言う。

「そうだな。渡したものはとっくに食べ尽くされているだろうが、同じ食材を返してもらえばいい」

抜丸も小烏丸と同じ考えであったが、

「いや、こちらの都合で押し付けたのに、そういうわけにはいかないだろう」

泰山は難しい顔つきで首を横に振る。

「私が朝餉を摂《と》っていないのは、単に怠け癖のせいなんだ。今までの贅沢な暮らしに慣れたせいか、自分で食材を調達して料理するのが、億劫になってしまってな」

再びきまり悪そうな表情になって、泰山が言うと、

「なあんだ。そんなことなら、私に任せてくださいよ」

と、玉水がにこにこと元気よく言い出した。

「私はこれでもお料理はできるんです。抜丸さんや花枝《はなえ》さんにいろいろ教えてもら

いましたから。泰山先生のお食事のお世話くらい、私がして差し上げますよ」

「いや、そういうわけには……」

と、泰山が遠慮がちに言うのと、「それはいい」と付喪神たちが声を合わせるのは同時であった。

「まずは、泰山先生にご飯を差し上げなくちゃ、ですよね。少し待っていてください。すぐに握り飯とお味噌汁を……」

玉水は早くも台所へ走り出しかねない勢いで言う。

「待て待て。竜晴さまとおぬしの食事が終わったところだが、釜にはまだ炊いた飯が残っているということか」

抜丸が玉水の方へ、にゅうっと鎌首をもたげて言った。

「ええと、今朝炊いた釜のご飯は、私がぜんぶ平らげたので、今はもうありませんね」

玉水は平然と答えた。

「あ、でも、すぐにご飯を炊きますよ。蓄えたお米はまだたくさんあるので大丈夫です」

「何が大丈夫なものか。飯を炊く間、医者先生を待たせるつもりか、愚か者め。医者先生はこれから患者の家を回らねばならぬのだぞ」

「え？　泰山先生はご飯が炊き上がるのを待っていてくださらないんですか」

抜丸の厳しい叱責にというより、泰山が待っていてくれないということに、玉水はしょげ返ってしまった。

「いや、その、待てないというわけではないが……」

「じゃあ、待っていてくださるんですね」

玉水がぱあっと顔を輝かせて言う。

「患者さんを待たせるわけにはいかないだろう？　平気なのか」

竜晴が問うと、泰山は「ああ」と素直にうなずいた。

「患者さんといっても、私が留守の間は他の医者に診《み》てもらっていた方々だ。帰ってきたからといって、私が患者さんを取り戻せるわけじゃない。昨日も診療をしたというより、ちゃんと治療を受けていることを確かめに行っただけだ。この先、患者さんの要望があれば、私が治療を引き継ぐが、今はまだそうした話もしていない。だから、厳密にいえば、今の私が診なければならない患者さんはいないのだ」

「なるほど。では、これからお前は、新たな患者さんを見つけていくことになるのだな」

　泰山がこれまでに築いてきた患者たちとの信頼もあるだろうし、患者はいつの世にもいる。仕事がないことはなかろうが、それでも生活の糧《かて》を稼いで、以前の水準に戻すまでには、それなりに時がかかるのではないか。

「差し出がましいことを言うようだが、お前は新たな患者さんを見つけられるまで、しっかりと食べていくことができるのか」

　竜晴が問うと、泰山は少しむっとした表情を浮かべた。

「私とて蓄えがまったくないわけではない。私一人の食べる分くらいは何とかなる」

「金のことだけではない。お前は自分で料理をするのも億劫だと言っていたではないか」

「ああ、旅先で思わぬ贅沢を知ってしまったからな。しかし、あれは夢を見たようなものだ。また、一人暮らしに体を慣らしていけば何とかなる」

　自分に言い聞かせるような調子で、泰山は言う。すると、玉水が「ええー？」と残念そうな声を上げた。

「そんなことを言わずに、私にお世話させてくださいよ。泰山先生の食べる分は、私が宮司さまの分と一緒にお作りしますから」

「玉水はお前のために料理をしたいそうだぞ」

竜晴の言葉に「困ったな」と泰山は右頰を手でかいている。

「どちらにしても、腹を空かして患者さんの家へ行くわけにもいくまい。まずは、飯を玉水に用意してもらってはどうだ？　今朝は待つだけの暇もあるようだし」

「そうだな。ひとまず、今日は世話になろうか」

泰山が言うと、玉水は「やったあ」と声を上げて大喜びしている。

「私も手伝うとしよう。竜晴さま、私を人型に変えていただけないでしょうか」

抜丸が竜晴の立つ縁側まですると地を這ってきて言った。「よかろう」と竜晴は承知し、いつものように人型になる呪《じゅ》を唱えてやる。

彼、汝《なんじ》となり、汝、彼となる。彼我《ひが》の形に区別無く、彼我の知恵に差無し
オンバザラ、アラタンノウ、オンタラクソワカ

「おお、抜丸殿が人の姿になった。何ということだ」

泰山が腰を抜かさんばかりに驚いた。

「そういえば、この術を見せるのは初めてだったか」

四百年ばかり前の世では、付喪神たちを人型にする必要が生じず、泰山に見せる機会もなかったのだ。

「今の抜丸の姿はふつうの人間《ひと》には見えない。だが、お前には術をかけてあるから見えるわけだ。めったにあることではないが、他の人が一緒にいるところでは、人型の抜丸はいないものとして振る舞ってほしい」

「それは無論のことだ。了解した」

泰山は真剣な様子でうなずく。

抜丸が玉水を連れて台所へ向かってしまうと、竜晴は泰山に中へ上がって待つようにと促した。泰山もうなずき、地面に置いた薬箱を持って居間へと入ってくる。小烏丸も当たり前のようにそのあとに続いた。

「医者先生よ」

泰山が腰を落ち着けるのを待ち、小烏丸がもったいぶった様子で切り出した。

「玉水はあれで医者先生の世話をするのが仕合せなのだ。これまで独りぼっちの暮らしだっただけに、今は少しでも大勢と一緒にいたいのだと思う。分かってやってくれ」

「そう……だな。玉水はずっと独りぼっちだったのだな」

泰山がしんみりした様子で呟いた。

「もともと玉水はお前になついてもいた。これまでより少し親密に相手をしてやってくれれば助かる」

竜晴が言葉を添えると、泰山は神妙にうなずいた。

「そうだな。それに、食事を作ってもらえるというのは、私としては願ってもないことだ」

「ならば、しばらくの間だけでも、うちで朝晩の食事をすればいい」

「本当にいいのか。もちろん、それにかかった金は払うつもりだが」

「お前がそうしたいのならそうしてくれ。私は玉水の気持ちが慰められればそれでいい。小烏丸もそれを望んでいるのだろう」

竜晴が目を向けると、小烏丸は無言で首を縦に動かした。

三

玉水と抜丸が泰山の朝餉を用意している間、泰山はただ待つしかない。いったん居間へ上がったものの、暇を持て余したか、

「薬草畑の忍冬の蕾を摘んでおきたいのだが、かまわないか」

と、言い出した。

「ふむ。金銀花のことだな」

竜晴の言葉に、「その通りだ」と泰山は満足そうにうなずいた。忍冬の花は白から黄色に変わるのだが、それが銀と金のように見えるというので、生薬としての名は金銀花となった。この蕾を干したものは、風邪や発熱、喉の痛みに効くのだと、泰山は続けて言う。

「畑の薬草はすべてお前のものだ。好きにすればいい」

竜晴が言うと、泰山はいそいそと庭に下りていき、小烏丸もいつもの庭木の枝へ

と戻っていった。

竜晴は中断していた読書を再開しようと、書物に手を伸ばす。その時、すぐ近くに、先ほどまで玉水が眺めていた絵草紙が置かれていることに気づいた。玉水が好んで読む『御伽草子《おとぎぞうし》』はこの数ヶ月で、ずいぶんと読み込んだ跡がついており、表紙の端の方は傷みかけていた。

（私たちが留守の間、何度も読み返していたのか。ここで、独りぼっちで……）

玉水が皆との再会を心から喜んでいるのは、竜晴も理解していた。だが、それがこの上もない寂しさを源泉に噴き上げてくるものだ、ということが今、唐突に腑《ふ》に落ちた気がする。

（そうか。私はこれまで、この手のことにまるで疎《うと》かったかもしれぬ）

いつしか、自分が読もうとしていた書物ではなく、玉水の絵草紙を手に取っていた。見るともなく眺めているうちに、どれほどの時が経ったのか。竜晴は、神社の敷地内に新たな客人の気配を察した。立ち上がって、障子を開けようとした時にはもう、

「竜晴さまあ、帰ってきたんだって⁉」

と、大きな声が聞こえてきた。障子を開けると、忍冬の蕾を抱えた泰山がつられたように立ち上がる。

「あれは、大輔《だいすけ》殿だな。花枝殿もご一緒のようだ」

氏子の姉弟《きょうだい》の名を口にしながら、竜晴が履物を履き終えたちょうどその時、大輔が庭へ駆け込んできた。

「竜晴さま！　それに泰山先生！」

畑の前で足を止めた大輔の顔は、くしゃくしゃにゆがんでいる。

「無事に帰ってきたんだね。昨日、姉ちゃんから聞いたんだけど、自分の目で見るまでは安心できなくてさ」

「うむ、大輔殿。昨日帰ってきた。いずれご挨拶に行くつもりだったが、先に来てもらって申し訳ない」

竜晴は言いながら畑を回って大輔の前まで足を運んだ。泰山もその後ろに続く。

「申し訳ないって、謝るのはそこじゃないだろ！」

大輔は息を弾ませながら声を荒《あら》らげた。

「竜晴さまも泰山先生も、姉ちゃんや俺に何も言わずにいなくなるなんて。そりゃあ、玉水から言伝《ことづて》は聞いたよ。よんどころない事情で遠くへ行くことになったって。でも、ちゃんと顔を見て別れを言ってくれたって、いいじゃないか」

カアーと、庭木の枝にとまった小烏丸が鳴いた。「申し訳ない。すべては我のせいだったのだ」と言っているが、もちろん大輔には通じない。泰山は言葉を解し、思わず小烏丸に目を向けたが、昂奮《こうふん》している大輔には特に妙な行動とは映っていないようだ。

「大輔殿の言う通りだ。本当はきちんと挨拶をしなければならないところだった」

竜晴は素直に謝った。

「私からも詫びさせてくれ。大輔殿、本当にすまなかった」

と、泰山も頭を下げる。ちょうどそこへ、花枝が急ぎ足で現れた。

「宮司さまも泰山先生もおやめください」

花枝は慌てて言い、「大輔」と弟を叱りつけた。

「昨日、お二人から謝っていただいたことはちゃんと伝えたでしょう。お前だって、あの時は江戸湾に蜃気楼《しんきろう》が出たせいで、お二人がすぐ出かけなくちゃいけなくなったんだって、納得していたじゃないの」

「そりゃあ、そうだけどさ」

と、大輔は不服そうに口を尖らせる。

「だけど、黙っていなくなられたら、心配する気持ちが大きくなっちまうんだよ。ちゃんと戻ってきてくれるのかな、もしかしたら戻れないと思ってるから、挨拶なしで行っちまったのかなって」

大輔の声が途中から湿りを帯び始めている。

「すまなかった、大輔殿、それに花枝殿」

竜晴はしっかりと頭を下げた。

「もうおやめください。私は昨日も謝っていただきましたし、本当に十分です。大輔、お前はどうなの」

花枝は先ほど大輔を叱った時よりはずっと穏やかな声で問いかけた。

「お、俺だって、別に竜晴さまたちに頭を下げてもらいたいわけじゃないよ。同じことをしてほしくないだけで……。その、またどこかへ行くことになった時には、どこへ行くのか、いつ帰るのか、ちゃんと教えてくれさえすれば……」

「もちろん、そうしよう。花枝殿にもそうお約束した」

竜晴の言葉に続き、「私もしかと誓うぞ、大輔殿」と泰山も言った。

「わ、分かったよ」

大輔がぶっきらぼうに返事をする。照れくさいのを隠そうとしてか、竜晴と泰山から目をそらしてしまう。ややあってから、竜晴に目を戻した時、大輔の機嫌はすっかり直っていた。

「ところで、竜晴さまさあ」

何やら興味深そうな眼差しで、大輔が声をかけてくる。

「出かけてる間に、竜晴さま、変わったよね？」

心持ち竜晴の方に顔を近付け、大輔は尋ねた。

「ふうむ。自分でははっきりとは分からないが……」

「それだよ、それ」

と、大輔はここぞとばかりに大声を出す。

「前はそういうふうに、あいまいな言い方はしなかったじゃないか」

「そうだろうか」

「竜晴さまは何でも分かってて、何でもできてさ。いつだって絶対に揺るがないって感じだったんだよ」

大輔は力のこもった声で言った。

「私にもできないことはあるし、そういう時はできぬと言ってきたと思うが……」

「そう言われると、そうなんだけどさ。でも、できないことがある時でも、竜晴さまは自信たっぷりに話すんだよ。これこれはできないけど、こうすればこうなる、みたいな感じでさ」

大輔の物言いこそ、自信満々という様子であった。

「私はそれほど自信ありげに話をしているだろうか」

竜晴は後ろに立つ泰山に目を向けて尋ねた。泰山は一瞬、困ったような表情を浮かべたものの、

「私に訊かれても困るが、まあ、ふつうの人よりは自信のある話し方だとは思うぞ」

と、言葉を選ぶようにしながら慎重に言う。

「自信を持ってお話しになるのはよいことですわ。聞いている方はそれで安心できますもの。宮司さまのように人の上に立つお方は、それがよろしいのです」

花枝が熱をこめて言った。

「ところで、大輔殿は私が変わったと言うが、これまで共に過ごしてきたお前の目から見て、私は変わったと思うか」

竜晴は改めて泰山に訊いた。

「そうだな。それこそ、共に旅をしてきたため、私にも分かりにくいのだが……」

泰山は独り言のように呟いた後、竜晴から大輔へと眼差しを移した。

「大輔殿はこれまで竜晴のそばで、さまざまな不思議を目にしてきたゆえ、理解できるだろうが、とにかく我々が出向いた先はとんでもないところだった。くわしく述べるのは難しいのだが……」

「うん。何となくだけど、想像はできるよ。竜晴さまと泰山先生は蜃気楼の中に入っちゃったんじゃないかって、俺は思ってたんだけど……」

大輔の言葉に、竜晴と泰山は顔を見合わせた。

「大輔殿の想像はほぼ当たっている。常ならば行けぬ場所へ行ったと思ってもらうのがよかろう。もちろん、今となっては、私たちがそこへ戻ることはできないのだが……」

竜晴の言葉に、大輔は「そうだったのか」とそれなりに納得した様子で呟いた。

「そういうわけだから、竜晴が変わったのも無理からぬことだし、私とて変わったと、自分で思うところがある」

「へえ。泰山先生はあまり変わってないように見えるけど、どこが変わったの？」

大輔は興味津々という様子で、泰山に目を向けた。

「うーむ。口にするのも恥ずかしいが、日々の暮らしで必要なことをこなしていくのが苦手になった」

「日々の暮らしで必要なこと……？」

「たとえば、食事の用意をするというようなことだ」

「ええー。それは大変なことじゃないか。物を食べなきゃ倒れちゃうぞ」

大輔が改めて大きな声を上げる。

「確かに、それは大変なことですわ。こちらへお戻りになって、食べ物がお口に合わなくなってしまったのでしょうか」

花枝も心配そうな眼差しを泰山に向けた。

「いや、そういうことではないのですが」

と、泰山が恥ずかしそうに返事をした時、

「泰山先生、お待たせしましたあ」

と、玉水が炊きたての米で作った握り飯と湯気の立つ味噌汁、それに漬物を載せた膳を持ってやって来た。人型の抜丸がその後ろに続いていたが、大輔と花枝に気づくや、居間へは入ってこず、姿をくらませてしまう。

「あら、玉水ちゃん。おはよう」

花枝が玉水に優しい声で挨拶する。

「花枝さんに大輔さん、おはようございます」

玉水は元気よく挨拶した。

「玉水、よかったな。竜晴さまたちが帰ってきてくれてさ」

大輔の少しぶっきらぼうな言葉にも、「はい」と玉水は満面の笑みを見せる。

「さあ、泰山先生。お腹いっぱい食べてください」

玉水が膳を見せながら言う。

「ありがたい。では、先に井戸を使わせてもらうよ」

泰山はそう断ってから、まず忍冬の蕾を縁側に置き、井戸端へと向かった。

その間に、花枝と大輔は居間へ上がり、玉水は二人のための麦湯を用意しに台所へと引き返す。

「実は、泰山は朝餉を抜いたらしくて、腹を空かせていたので、玉水がその支度をしていたのです。旅先では飯を自分で作ることがなかったので、それをするのが億劫になったと泰山は言っていました」

「先ほどお話しされていたのは、そのことだったのですね。でも、お一人暮らしでは面倒になるお気持ちも分かりますわ。今日は玉水ちゃんが作ってくれてよかったですけれど」

花枝は今後の泰山の食事のことが心配なようだ。

「玉水がこの先も泰山の食事の世話をしたいと言っていますので、泰山を説得して、これからしばらくの間、ここで朝餉と夕餉を食べてもらうことになりました」

竜晴の話に、花枝が安堵の息を漏らした頃、泰山が戻ってきて、湯気の立つ膳の前に座り、満足そうに両手を合わせた。

「温かい飯と汁は何よりの馳走だな」

にこにこしながら、泰山は「いただきます」と味噌汁をすすり始めた。

その後、玉水が戻ってきて、花枝と大輔に麦湯を供してから、竜晴の隣にちょこんと座った。

「これから泰山が朝餉と夕餉の席に加わることになったぞ」

と、竜晴が伝えると、

「本当ですか。ありがとうございます」

と、玉水は歓声を上げた。

「いやいや、作ってもらうのはこちらなのだから、私の方こそ、玉水にありがとうと言わなければならない。今もこうして作りたての食事を馳走になって……。それにしても、この握り飯はずいぶんでかいな」

泰山は玉水に礼を述べつつ、手にした握り飯の大きさに感嘆している。

「泰山先生はお腹を空かしていましたから、私と同じくらいの大きさの握り飯にしたんです」

えへへ、と玉水は声を上げて笑っている。

「玉水は本当に大食いだもんな」

大輔はうんうんとうなずいている。どうして玉水が大食いであることを知っているのかと訊けば、留守の間、寂しさに耐えかねる玉水に懇願され、花枝と大輔は何度か昼餉を共にすることがあったそうだ。

「そうでしたか。玉水がお世話になりました」

竜晴が花枝に礼を言うと、「とんでもない」と花枝は慌てて首を横に振る。

「むしろ、私たちの方がご馳走になってしまって。お米だってお菜だって湧いて出るものじゃないのに、玉水ちゃんは大丈夫だと言うばかりで、お金も受け取ってくれないし」

「何でも、お米は誰かがくれるとか言ってたけど、本当にそうなのか」

大輔が疑わしそうな口ぶりで言い、竜晴の方を見る。

玉水の発言は、おそらく本来の主人である宇迦御魂《うかのみたま》から賜《たまわ》ることを指していたのだろう。穀物の神である宇迦御魂がその恵みを配下の気狐に授けるのは道理である。

「ああ、玉水の後見役のお方は、十分すぎるほどのお米を持っていらっしゃるから間違いない」

「そうなのですね。田んぼをたくさん持っている名主《なぬし》さんとかかしら」

「玉水が食べさせてくれる飯はやけに美味《うま》いと思ってたけど、そうか、玉水には美味い米を作る名主さんがついていたんだな」

　花枝と大輔は勝手な想像をし、納得してくれたようだ。

「うん、確かに玉水の作る握り飯は美味いな。こんな美味い飯は食べたことがないぞ。いくらでも食べられそうだ」

　と、泰山は握り飯をほおばりながら感激している。泰山には後ほど、宇迦御魂について話を通しておいた方がいいだろう。

「けどさ。朝餉と夕餉をここで食べるんなら、泰山先生はいっそここで寝泊まりしたらいいんじゃないのか」

　大輔がよいことを思いついたというふうに言うと、「ええっ。泰山先生がここに泊まってくれるんですか」と玉水が嬉々とした笑みを浮かべた。

「だって、昼間はどうせ仕事で出かけてるんだし、あの家に帰る理由なんてないだろ」

「いや、そういうわけには……」

　泰山はしどろもどろになって言う。

「大事な薬の類《たぐい》は、こっちに持ってきておけばいいじゃんか。運べないほど大量にあるのか」

「そういうわけではないが……」

「放っておいて危ない薬があるわけじゃないだろ。今までだって留守にしていたんだしさ」

大輔からそう言われると、泰山は返す言葉もない様子だ。一方の玉水は、泰山がここで寝泊まりしてくれたら賑やかで楽しい日々になると思うのか、目を輝かせている。

「泰山よ。それで支障がないのなら、玉水のためにそうしてやってくれまいか」

竜晴も口を添えた。

「そうだよ。皆が留守にしている間、玉水がどんだけしょげ返っていたか、泰山先生にも見せてやりたいよ。玉水がこんなに喜んでるんだからさ。ちょっと一緒に寝てやるくらい、いいじゃないか」

「一緒に寝るって、玉水は……ああ、男の子だったか」

見た目が女の子のような玉水に目を向け、泰山は思い直したように言う。男女の別以前に、人間ではないのだが、花枝と大輔にはまだ明かしていないことである。

「しかし、まあ、玉水にこれまでつらい思いをさせたのは確かだしな。しばらくここで厄介になるのは、私としてはむしろありがたい限りだが……。その、竜晴、お前にとって迷惑ではないのか」

　泰山は申し訳なさそうな目を竜晴に向けて訊いた。

「お前がここで寝泊まりするのは初めてでなし、差し支えはあるまい。今は玉水が食事の支度もしてくれるし、お前も楽ができるはずだ」

　以前、神社の近くで倒れた知り合いの世話をするため、泰山が泊まり込むことがあったが、その時は泰山が竜晴の分も食事の用意をしていたのである。

「そうか。私だけがよい思いをさせてもらうようで、気が咎《とが》めるが、まあ、役に立つことはこれから探させてもらおう」

　泰山はしばらくの間、小烏神社で寝泊まりすることを承知した。

「じゃあ、さっそく今晩から、泰山先生のお世話をしなくちゃですね」

　玉水は浮き浮きしながら言う。泰山の湯飲みの中身が少なくなっていることに気づくや、

「あ、麦湯を新しくお持ちしますね。油揚げのお味噌汁ももう一杯いかがですか」

台所へ立っていこうとする玉水に、お代わりはもういいと泰山は苦笑を浮かべながら返事をした。

「まったく、誰も彼も玉水に甘すぎるのではないか」

玉水が出ていった廊下側の戸の向こうから、あきれたふうな声が聞こえてくる。姿をひそめている抜丸のものであった。

二章　将軍吉夢の絵図

一

それから、泰山は小烏神社で寝泊まりするようになった。玉水は大喜びで、泰山の朝餉と夕餉の支度をするようになり、往診中の昼間に食べる握り飯も毎日用意している。

泰山は一日一回は自分の家に立ち寄っているそうだが、着替えや薬など、必要なものを取りに行くだけとなってしまった。

「医者先生の家の庭にも、薬草畑があるのではないか」

抜丸がそちらの世話は大丈夫なのかと問うたが、

「その通りなんだが、大方は秋の内に収穫を済ませていたからな」

冬の間にしなければならない手入れなどもあったが、留守をしていたため行き届かず、とりあえずそちらの畑は放っておくと言う。

「こちらの畑は玉水が見てくれていたし、何より余所《よそ》とは育ちが違う。まあ、付喪神が世話をしてくれるのだから、当たり前かもしれんが」

「医者先生が私の働きを正しく理解できるようになって、悪くない気分だ」

白蛇の姿をした抜丸は身をくねらせながら言い、泰山が来てからは一緒になって薬草畑の世話と収穫にいそしんでいる。その姿はどちらも、竜晴の目には楽しそうに見えた。

玉水が寝る時には狐の姿に戻ることも、もはや泰山に隠す必要はなくなったわけだが、それを目にした泰山は驚き、

「いやあ、玉水は本当に狐だったんだなあ」

と、玉水の頭や尻尾《しっぽ》を撫でながら、感慨深い様子で呟いている。

「こうして見ると、ふつうの狐と同じ毛色なんだな」

「それは、私がまだ気狐だからです。もっと格上の天狐《てんこ》さまたちは、白色や銀色の毛並みなんですよ」

「そうすると、玉水の毛並みもいずれはそういう色に変わるということか」

またまた、泰山は驚いている。

玉水は泰山も付喪神たちと同じく、竜晴の部屋で寝ると思っていたようだが、さすがに人間の男一人が新たに加われば、ゆったり休むこともできなくなろう。

本人の望みもあって、泰山には以前と同じ客用の部屋で休んでもらうことになった。

「お前が泰山と一緒に寝たいのなら、そうすればいい」

竜晴が玉水に言うと、玉水は「うーん」と泣き出しそうなほど悩んでいたが、最後には「やっぱり皆さんと一緒に寝させてもらいます」と竜晴の部屋で寝ることになった。泰山がほっとしたような表情を浮かべていることに、竜晴は気づいたが、玉水には言わないでおく。

こうして泰山が加わった小烏神社の暮らしは、小さな騒ぎを起こしつつも、穏やかに流れていった。

やがて、暦が三月になると、九州の島原で起こった反乱が幕府軍によって鎮圧されたとの一報が、江戸の町にも伝えられた。竜晴はそのことを、往診先で聞きかじってきた泰山を通して知り、寛永寺《かんえいじ》の天海《てんかい》大僧正が何も言ってこないのは問題がないからだろうと考えた。

そんなある日のこと。

いつものように玉水の作った朝餉を食べ終え、出かけようとしていた泰山に、

「今日は、急いでいるのか」

と、竜晴は尋ねた。泰山は前からの患者を引き継いだり、新たな患者を引き受けたりして、少しずつ仕事を増やしていたが、前ほど忙しいわけではない。だから、昼近くまで出かけず畑仕事をしていたり、夕方よりずいぶん前に帰ってきたりすることもあった。

「いや、今日は予《あらかじ》め約束した患者さんはいない」

と、泰山は答える。

「約束がないのに出かけるのか」

「治療の経過を確かめるため、患者さんのお宅を回るつもりだった。特に朝早く行かねばならぬこともない」

「なら、少し待ってくれないか。お前に引き合わせたいものがやって来るようだから」

竜晴の言葉に、泰山は首をかしげた。

「私が会ったことのない人か」

「いや、人ではない。そして会ったことはある」

竜晴の返答は、泰山をますます混乱させたようだが、それ以上尋ねてはこなかった。

それから、泰山は抜丸と一緒に薬草畑の世話をしていたが、

「おい、竜晴」

ややあってから、声をかけてきた。

「上空に鷹《たか》が飛んできたぞ。小烏丸を避難させた方がよいのではないか。ああ、抜丸殿も隠れた方がよいかもしれん。鷹は目がよいからな」

などと、途中からは抜丸相手にしゃべっていたのだが、この発言は抜丸の怒りを買った。

「それは、この私が鷹ごときにしてやられるということか」

「いや、抜丸殿がどうというより、蛇は鷹にやられるものだろう」

「大蛇が鷹を仕留めたという例《ためし》は決して少なくない」

「いや、そうだとしても、抜丸殿は大蛇には見えぬし……」

　泰山がたじたじになりながら、抜丸の相手をしている。竜晴は二人の間に割って入った。

「抜丸よ、あれがアサマだと分かっているだろう。アサマがお前を狙うことなどないのだから、今、泰山と言い争うのは無駄なことだ」

「申し訳ありません、竜晴さま」

　抜丸はすぐに謝った。

「ただ、蛇が鷹より格下に見られるのは業腹でして」

「まあ、そのことは措《お》いておけ。それより、アサマが舞い降りてこないのは泰山がいるせいか」

　竜晴は縁側から「小烏丸」と呼びかけた。それを受け、庭木の枝にとまっていた小烏丸が、カアーと高らかに鳴く。「よくぞ参った。舞い降りてくるがいい」とアサマに呼びかけたのだ。

「かたじけない。久しぶりのご挨拶にまかり越した」

　神社の上空をずっと飛び回っていたアサマが鳴き返し、それから舞い降りてきた。

「な、何だ。あの鷹が何を言っているのか分かるぞ」

混乱した様子で、泰山が己の頭を押さえている。しかし、アサマが庭に舞い降りた時には、その姿で記憶がよみがえったらしい。

「あ、お前は、私が前に治療した伊勢《いせ》さまの鷹か」

先ほどから竜晴たちが口にしている「アサマ」という名前にも聞き覚えがあり、合点がいったようだ。

「おお、医者先生。その節はお世話になった」

アサマはまず、泰山に向かって鳴いた。

「いや、何の。医者として当たり前のことをしただけだ」

照れくさそうに言葉を返す泰山に、今度はアサマが驚きの声を上げる。

「何と。医者先生がそれがしの言うことを分かっておられるぞ」

「おぬしの方から、医者先生に礼を述べておきながら、何を驚いている」

アサマに続いて舞い降りてきた小烏丸が後ろから声をかけた。

「いや、人間には通じぬとあきらめつつ、礼儀を尽くしたまでのこと。まさか、意が通じるとは……」

「アサマよ。こちらはすでに知っていると思うが、医者の立花泰山殿。私の術によって、今は付喪神の声を聞くことができるようになった」

　竜晴がアサマに打ち明けると、「何と！」とアサマはまたも驚きの声を上げた。

「泰山はすでに気づいたようだが、こちらは伊勢殿が飼っておられる鷹のアサマだ。伊勢殿のお家に伝わる弓矢の付喪神なのだが、伊勢殿のお屋敷では本物の鷹と思われている」

「私が治療に当たったあの鷹が、付喪神さまだったとは……」

　と、泰山の驚きも容易《たやす》くは収まらぬらしい。とはいえ、一同そろって、外で話し続けるわけにもいかず、まずはアサマを居間へ迎え入れることになった。

「あっ、アサマさん」

　部屋の中にいた玉水が嬉しそうな声を上げる。

　竜晴たちが留守にしていた間も、アサマは時折、小鳥神社へ飛んできて、玉水の話し相手を務めてくれていたそうだ。竜晴たちが旅立ったことも玉水から聞いていたようで、無事の帰還を祈ってくれていたという。

「玉水がずいぶんしょげ返っていたのでな。放っておけなかった」

と、アサマは言った。

「おぬしが気にかけてくれたこと、感謝する。おぬしのように力のある付喪神がいてくれれば、玉水も心強かったろう」

聞けば、アサマの他にも付喪神の来訪者はいたそうだ。尾張《おわり》徳川家の打刀《うちがたな》、南泉《なんせん》一文字《いちもんじ》の付喪神である猫のおいちや、旗本土岐《とき》家の太刀《たち》の付喪神である犬の獅子王《ししおう》も、時折、玉水の様子を見に来ていたという。

「おぬしはずいぶんと皆から、慈《いつく》しまれていたのだな」

小烏丸が見直したような眼差しを玉水に向ける。えへへ、と玉水は得意そうだが、

「それほど皆が来てくれても、おぬしは寂しかったのか」

抜丸はあきれていた。

「まあ、それがしたちの他に人間の姉弟なども来ていたが、誰も宮司殿や小烏丸殿、抜丸殿の代わりにはなるまい」

アサマがしみじみとした調子で言い、小烏丸と抜丸もまんざらではなさそうな様子になる。

「それにしても、宮司殿たちは小烏丸殿を追って、蜃気楼の中へ入ったと玉水から

聞いたが……」

　アサマが竜晴たちの旅先のことについて聞きたがったので、理解が届きそうな範囲でできる限りの話をする。特に、今のアサマの主人である伊勢貞衡《さだひら》は、かつて小烏丸の主人であった平重盛《たいらのしげもり》に生き写しであるため、そのことは知らせておく必要もあった。もっとも、小烏丸と重盛が魂の引き裂かれるような別れを経験したことは、話したところで通じるわけもなく、竜晴もあえて語りはしない。

「なるほど。宮司殿たちが時を超えたのも驚くべき話だが、四百年前の貴《とうと》き武士に、我が主《あるじ》が生き写しであるとは……」

　アサマはアサマで、感慨深い様子であった。

「つまり、我が主は平重盛公の生まれ変わりなのであろうか」

「そこは分からぬ。ただ、今の伊勢殿に過去の世の記憶がないのであれば、生まれ変わりかどうかはあまり重大ではないだろう」

　竜晴はそう答えた。小烏丸は無言を通し、アサマは「ふうむ」と考え込んでいる。

「ただし、伊勢殿はこれまで何度も妖《あやかし》の脅威にさらされ、戦ってもこられた。それは、伊勢殿のもとにある付喪神のおぬしも同じだ」

「確かに、宮司殿のおっしゃる通りだ」

「平重盛公も私たちの目の前で鵺《ぬえ》と戦われたし、そうでなくとも人知を超えた逸話を残してもおられる。伊勢殿も同じか、似た力を持っておられるのかもしれない」

「宮司殿はこの先、我が主に危険が迫るとお思いなのだろうか」

アサマが少し不安げに問うた。

「呪力を使えぬ伊勢殿が妖どもから狙われるのには、何らかの理由があるのだと思う。それが分からぬ以上、用心に越したことはあるまい」

「まったくもって。それがしも付喪神として、これまで以上に我が主をお守りしていく所存」

アサマは折り目正しい武士のような口を利き、泰山は「さすがは旗本伊勢家の付喪神だな」と感心している。そんな泰山を横目で見ながら、小烏丸と抜丸は何とも複雑そうだ。

こうして、竜晴たちがアサマと一別以来の話を交わしている間、玉水は竜晴の傍らでにこにこしていたのだが、ちょうど話が一段落したこの時、その表情がふっと変わった。和やかな笑みが消え、目は半開きのようになっている。

「玉水っ！」

竜晴をはじめ、一同が異変に気づくのとほぼ同時に、玉水の上半身がぐらりと大きく揺れた。

二

「玉水、おい、しっかりしろ」

泰山は玉水の前に躍り出るなり、その首筋と手首の脈に手を当てた。玉水の上半身は倒れ込むより先に竜晴が支え、付喪神たち三柱もそれぞれ心配そうに玉水を取り囲む。

泰山が呼びかけても、返事はない。様子を見つつ、泰山が玉水の額に手を触れようとした時であった。突然、玉水がかっと目を見開いた。

竜晴は瞬時に後ろへ跳び退《の》き、

「玉水から離れろ」

と、泰山に忠告する。泰山はすぐに反応できなかったが、アサマと小烏丸の体当たりを受ける形で、玉水の体から離れさせられた。

玉水は自ら体を起こし、目もしっかり開けていたが、その表情はいつもの玉水のものではない。らんらんと光る目、どういうわけか尖って見える耳、凶悪そのものといった表情——いずれも竜晴たちの知る玉水からはほど遠い姿であった。

「わらわは、那須野《なすの》に追われた妖狐《ようこ》なり」

玉水の口が裂け、その喉の奥からしゃがれ声が漏れてきた。泰山は息を呑み、付喪神たちは一様に警戒の態勢を取りつつ、無言を貫いている。

竜晴もまた、呼吸を乱さず沈黙を守った。

「わらわの尾の数を知りたくば、この国の王に訊くがよい」

と、玉水に憑《つ》いた妖狐は余裕ぶった口ぶりで続けた。

那須野の妖狐といえば、四百年以上前、玉藻《たまも》の前《まえ》という女人に化け、鳥羽《とば》上皇の寵愛《ちょうあい》を受けたとされている。やがて、正体を暴かれた妖狐は、武士たちの討伐軍によって那須野へ追われ、退治された。その後、狐の体は石となり、近付く生き物の命を奪ったため、殺生石《せっしょうせき》と呼ばれるようになったという。

いずれにしても、この妖狐が昨年、江戸によみがえり、伊勢貞衡の養女にして大奥の女中であったお駒《こま》という娘に取り憑いた。幸い、竜晴と天海、伊勢貞衡で妖狐に立ち向かい、お駒の身は無事に取り返している。同時に、妖狐にとらわれていた玉水をも救い出し、これを機に玉水は小烏神社へ身を寄せることにもなった。

この時、妖狐を完全に滅ぼすことは叶わず、逃亡を許してしまった。その邪悪な光が飛んでいったのが那須野の方角であったため、竜晴と天海も用心はしていたのだが、あの妖狐が舞い戻ってきたものか。

当時、妖狐の尾は二本であった。尾の数が多いほど妖力が増すらしく、完全な姿は九尾であるともいう。どうやら、玉水に憑いた妖は以前より妖力が増したことを放言したいようだ。

「江戸に眠る怨霊が目覚めれば、人の手には負えぬ。助かりたくば、我が手を取れ」

妖狐は玉水の体を通して、さらに告げた。

この時は、竜晴にひたと目を据えている。

「痴《し》れ者《もの》め。とく失《う》せよ」

竜晴もまた、妖狐から目をそらさずに告げた。

次の瞬間、室内の気配が一変した。体にのしかかってくるような妖気が失せ、身を凍らせるほどの冷気も去った。同時に玉水の体は倒れかけたが、泰山がすかさず駆け寄り、抱きかかえている。玉水は気を失っていた。

「妖に憑かれたのだな。憑いた妖も狐ゆえ、気狐の玉水は相性がよかったのだろう」

竜晴は玉水の顔色を確かめ、しばらくすれば正気を取り戻すだろうと、泰山に告げた。

「あれは、力のある妖だろう？」

泰山は玉水の身を横たえた後、心配そうに尋ねた。妖など門外漢の自分でもすさまじい力を感じたと、泰山は言う。その直感は外れていない。

「アサマよ。おぬしはかつて伊勢家にも祟《たた》った二尾の狐を覚えているな」

竜晴が問うと、「もちろんだ」とアサマは弾《はじ》かれたように答えた。

「あの妖狐が舞い戻ってきたやもしれぬ。伊勢殿にはご用心願いたい」

「まことに、宮司殿のおっしゃる通りだ」

アサマは緊張した様子で、重々しく首を縦に動かした。だが、付喪神と言葉を交わせぬ伊勢貞衡に、危機を伝えることがアサマにはできない。

「伊勢殿には私からお伝えするか、寛永寺の大僧正さまから注意を促していただく。だが、何かが起こった時、大僧正さまや私が駆けつけるまでの間、伊勢殿をお守りできるのはおぬしだけだ。そのことを忘れるな」

「承知した」

アサマはすぐにうなずいた後、

「いずれにしても主の身が案じられるゆえ、今日はもう失礼する」

と、慌ただしげに言い出した。

「それがよかろう」

竜晴も賛成し、目の覚めていない玉水を除き、皆でアサマが飛び立っていくのを見送った。

「今のことを、大僧正さまにもお知らせした方がよいだろう」

縁側に立ったまま、竜晴が言うと、「我が行こう」と小烏丸が名乗りを上げた。

天海は小烏丸の言葉を聞き取ることができるので、そのまま伝えさせてもよいが、念のため、竜晴は書状をしたため、それを小烏丸の足に括《くく》り付ける。

「書状にも書いたが、お前の口からも見たままをお伝えしてくれ。その方が大僧正さまも助かるだろう」

「分かった」

小烏丸は雄々しく空へ飛び立っていった。

玉水が目を覚ましたのは、それからややあって後のことであった。

竜晴と泰山、抜丸が見守る中、唐突に目を開けた玉水は、「あれえ？」と不思議そうな声を上げた。見下ろす三名の顔を順番に見つめながら、目をぱちぱちさせている。

「具合はどうだ。痛いところなどはないか」

泰山が医者の眼差しを向けながら問う。玉水は起き上がりながら、「はい。どうして私は寝ていたんでしょう」と不思議そうに呟いた。

「どうやら、いつものこやつに戻ったようですね、竜晴さま」

抜丸がほっとした様子で息を吐いた。

「うむ。もはや妖狐の気配はどこにもない」

「何のお話ですか」

玉水はきょとんとしており、憑かれていた時のことはまったく覚えていなかった。記憶は憑かれる直前で途切れているようだ。その間の出来事を語り聞かせると、

「そんなことがあったなんて」

と、初めは信じがたそうであったが、かつて二尾の妖狐に襲われた時のことを思い出したのか、やがて玉水の表情には脅《おび》えの色が滲《にじ》み始めた。

「妖の言い分によれば、奴の狙いは私と手を組むことだ。無論、私にそのつもりはさらさらないが、それが本当ならば、今すぐ奴が襲ってくることはあるまい」

竜晴の言葉を、玉水は真剣に聞いている。

「ただし、お前は妖狐に狙われているようだ。この件が解決するまでは、決して独りにはならぬように。また、なるべく私からも離れぬようにしなさい」

「分かりました。宮司さまから絶対に離れません！」

玉水は言うなり、竜晴の体に正面からしがみついてきた。

「これ、玉水。それでは、竜晴さまが動けぬではないか」

抜丸があきれたふうに口を挟む。

「だって、宮司さまが離れるなとおっしゃったんですよ」

「しがみつかなくとも、私の目に入るところにいればよい。いや、この家の中であれば、お前の気配は感じられるから大事ない」

さすがに四六時中、体をくっつけていられても辟易するので、竜晴は言い直した。

玉水はしがみつくのはやめたものの、竜晴のそばに身を寄せるようにして座っている。まあ、今しばらくはこれも仕方ないかと思っていると、やがて、小烏丸が戻ってきた。

「大僧正が我を部屋へ招き入れてくれたゆえ、竜晴の書状を渡し、我からも話をしておいた」

と、小烏丸は報告した。

「大僧正からの言伝はこうだ。『委細承知した。近いうちにお目にかかって話をしたいが、それまでに何か起これば すぐに知らせてほしい。伊勢殿への忠告はこちらからしておく』だそうだ」

「そうか。ご苦労だった」

竜晴が労《ねぎら》うと、小烏丸は得意そうに胸を張ったが、玉水が起きたことに気づき、

「おぬしはもう何ともないのか」と声をかけた。

「はい。今は平気ですけど、宮司さまのそばを絶対に離れません」

「ん？　おぬしが平気なことと、竜晴のそばを離れないことは、どう関わるのだ」

　首をかしげている小烏丸に、玉水が妖狐に憑かれたり狙われたりしないよう、用心させるのだと竜晴は説明した。

「お前たちもなるべく、玉水から目を離さないように頼む」

　竜晴は小烏丸と抜丸に告げた後、玉水に目を戻し、

「小烏丸や抜丸が一緒の時は、私から離れていても大事ないぞ」

　と、言い添える。

「……そうなんですか。お二方と一緒にいられるのも嬉しいですけど、私は宮司さまと一緒がいちばんいいです」

「まあ、そう言うでない、玉水よ。我らとて、おぬし一匹くらい守ってやることはできる」

　小烏丸が玉水を安心させるように言った。

「おぬしの竜晴さまを求める気持ちは分からなくない。だが、竜晴さまにお仕えする付喪神として、おぬしを危険にさらすような無様な真似をするものか。安心する

がいい」

抜丸も言い添え、玉水は少し落ち着いたようだ。

「竜晴よ」

それまで黙っていた泰山が、最後にそっと声をかけてきた。

「私は、妖に対しては何もできぬが、できる限り、ここにいるように努めよう。玉水に何かあっては困る」

「うむ。これまでは玉水に留守番を頼むことが多かったが、これからはそうもいくまい。お前がいてくれれば、大いに助かる」

泰山が玉水の頼みに引きずられて、神社で寝起きするようになったことは、偶然などではなかったのかもしれない。幼い見た目に違《たが》わず中身も未熟な玉水だが、そうはいっても長く生きてきた霊力を持つ狐である。

皆と一緒にいたがったのは、長く独りぼっちでいた寂しさもあろうが、自分でも気づかぬうちに妖狐の脅威を感じ取っていたためではないか。

付喪神たちにかまってもらい、顔をほころばせている玉水を見やりつつ、

(少しずつ、成長しているのかもしれぬ)

と、竜晴は思いをめぐらしていた。

三

玉水が憑かれた一件以来、小鳥神社の面々は気の休まらない日々を過ごす羽目になった。

不便といえば、玉水に誰かが付き添っていなければならないことと、玉水が買い出しに行けなくなったことである。しかし、買い出しは泰山がすべて引き受けてくれ、玉水が台所仕事をする際には、人型の抜丸が指導者として付き添う。そのため日々の暮らしに滞りはなく、しばらくは何事もなく過ぎていった。

天海からの使者として、侍の田辺《たなべ》が神社にやって来たのは、事件から三日後のこと。

泰山は往診に出ていたが、他の面々はそろっている。いつもであれば、客人の対応は玉水の仕事であるが、この日は竜晴が自ら玄関先へ出向いた。

「これは、賀茂殿。ご無事にお帰りになられて、まずはようございました」

田辺はしばらくぶりの挨拶を交わした後、天海の言葉を伝えた。

「実は、今日の正午、旗本の伊勢さまが参詣なさるので、賀茂殿もお越し願えるとありがたい、とのことなのですが」

急な呼び出しが多い天海だが、今回は時刻の指定である。わざわざ伊勢貞衡の訪問を知らせてきたのは、例の妖狐の話があるからだろう。

「それでは、弟子と共にお伺いするとお伝えください」

と、竜晴は返事をした。

「おお、お弟子とはあの巫女《みこ》見習いのお子ですな」

田辺は納得した様子で言う。田辺は玉水のことを見た目から女の子と思い込み、巫女見習いと勘違いしているのだが、竜晴はこれまで特に訂正してこなかった。

「お返事、しかとお預かりいたした」

田辺は言伝役を果たし、帰っていった。居間へ戻った竜晴は、田辺の気配が鳥居の外へ出るのを待ち、縁側へ出た。呼びかけるまでもなく、竜晴の気配を察して、小烏丸が庭木の枝から縁側へと舞い降りてくる。

「お前たちに打ち明けておきたいことがあるのだ」

竜晴は小烏丸を居間へと招き入れると、初めから居間にいた抜丸と玉水を交えて話し始めた。

「まずは、これから寛永寺へ参って大僧正さまにお会いする。小烏丸と抜丸はいつものように供を頼むが、今日は玉水も一緒だ」

「わ、分かりました」

玉水が緊張した面持ちでうなずいた。それから竜晴は小烏丸に目を据えると、

「その場には伊勢殿もいらっしゃる」

と、続けた。小烏丸はおもむろにうなずいただけで、特に何も言わない。

「妖狐の件では、すでに大僧正さまが忠告してくださっているだろう。だが、伊勢殿には、私からもくわしいことをお話ししておきたい」

小烏丸の黄色い目は瞬き一つせず、じっと竜晴を見つめている。

「伊勢殿は妖狐を封じたり、祓《はら》ったりする力をお持ちではない。アサマがついているとはいえ、妖狐の力はかつてより増しているだろう。それゆえ、私は伊勢殿に術を施そうと思うのだ」

「それは、あのお侍を守護する術のようなものか」

小烏丸がようやく口を動かした。だが、その声に特別な思い入れのようなものは感じられない。貞衡のことは、かつての主人平重盛とは別の人間と、しっかり弁《わきま》えているようだ。

竜晴は安心して、先の話を続けた。

「いや、どういう攻撃があるか分からぬ以上、守護する術は難しい。それより何かあった時、アサマの言葉を解する力があればよいと思うのだ。無論、それは小烏丸や抜丸、お前たちの言葉を解する力でもある」

そうすれば、アサマや小烏丸を通して、貞衡は天海や竜晴に事を伝えられる。こちらからの指示を、貞衡に伝えることもできる。有事の際、皆が迅速に事態を把握できるようになるのだ。

「それは、竜晴さまが医者先生に施されたのと同じ術を、伊勢家のお侍にも施すということですね」

抜丸が落ち着いた声で問いかけ、竜晴も「そうだ」と静かに返した。

「術をかけるからにはお前たちのことも引き合わせる。さらには、私たちが四百年前の世へ行き、そこで見聞きしたことについても、あの方に分かる言葉でお話しした方がよいと、私は考えている」

「竜晴さまがそうすべきとお考えになったことは、実行なされればよろしいと私は考えます。ですが、この件に限っては、小烏丸と私に是非を尋ねてくださるということでしょうか」

「そうだな。私の考えに従ってほしいのではなく、お前たちの考えを聞かせてほしい。私と考えが違っていてもかまわないから、本音を述べてほしいのだ。その時は、互いの考えをつまびらかにし、納得のできる答えを見出していこう」

「分かりました。では、私から答えさせていただきます」

抜丸はわずかばかりの迷いも見せずに言った。小烏丸は特に先を争う気配も見せず、おとなしくしている。

「私は竜晴さまのお考えに同意いたします。伊勢家のお侍が我々の声を聞き取れるようになれば、竜晴さまや我々、それにアサマにとっても、大きな助けになると考えるからです」

抜丸は滑らかな調子ですらすらと述べ、口を閉ざした。「うむ」と竜晴はうなずき、目を小烏丸へ転じる。

れないが」

「お前はどうだ。伊勢殿と言葉を交わせるようになれば、複雑な思いをするかもしれん」

「うむ。我はあのお侍を四代《しだい》さまと錯覚してしまうことがあるかもしれん」

と、小烏丸は素直な口ぶりで呟くように言った。四代とは重盛の幼名で、小烏丸はずっと重盛のことをそう呼び続けてきた。

「だが、竜晴が術を施すことで、大きな利があることは分かる。特に、それがあのお侍を助けることになるのであれば、反対する理由などない」

小烏丸の物言いもきっぱりしたものであった。

「分かった。ならば、このことを大僧正さまと伊勢殿ご本人にお伝えし、お二方が賛同されたら、術を施すこととしよう」

竜晴は二柱の付喪神に告げ、話を終えた。事情を知れば貞衡は驚くだろうが、それが自分の身の助けになると聞かされれば、反対はするまい。天海も進んで賛成するだろうと思われる。

（だが、その時、伊勢殿に何が起きるかは……）

竜晴にも見当がつかなかった。たとえば、封印されていた前世の記憶がよみがえるようなこととて、ないとは限らない。

無論、そういう諸々のことを小烏丸も抜丸も承知した上での返事であろう。それを呑み込み、竜晴も覚悟を決めた。


竜晴が人型に変えた二柱の付喪神と玉水を伴い、寛永寺に到着した時、ちょうど正午を知らせる時の鐘が鳴り出した。

「賀茂さま、ようこそお越しくださいました。それに、巫女見習いさんもお久しぶりですね」

小僧の挨拶を受け、竜晴たちは天海のいる居間へと案内された。もちろん、小僧の目に見えているのは竜晴と玉水だけで、その後ろからついてきている小烏丸と抜丸は見えていない。

「伊勢さまはすでにお見えになっておられます」

小僧が開けた襖を竜晴、玉水の順に通った後、付喪神たちはそそくさと後に続く。ゆっくりしていると、小僧に襖を閉められてしまうからだ。

「賀茂殿、今日は突然、お呼び立てしてすまなかった」

天海は竜晴に挨拶し、玉水にも「よく参った」と声をかけている。天海が玉水と顔を合わせるのは、昨年の虫聞きの会以来であろう。それは伊勢貞衡も同じである。

「賀茂殿はしばらく江戸を離れておられたと聞いているが、お健やかなようで何より」

貞衡は竜晴に声をかけた後、「巫女見習い殿も久しぶりだな」と玉水に朗らかな顔を向けた。

「先日は、書状をかたじけない。伺った話の中身については、すでに伊勢殿にもお伝えいたした」

挨拶が済むなり、天海が口を切った。

「そのご相談をすべくお呼び立てしたわけだが、その前にお話ししたきことがある。妖狐の一件とも大いに関わる事柄ゆえ」

天海の言葉に、貞衡がおもむろにうなずいているのは、すでに話の中身を知っているからだろう。二人とも、表情が硬く強張っていた。

「実は、本日、上さまのお呼びにより御城へ伺った。以前から絵師に描かせていた絵が仕上がったので、拙僧《せっそう》にお見せくださるということだったのだが……」

「それは、鵺の悪夢が収まったその晩、公方《くぼう》さまが御覧になられた吉夢を描かせたというお話のことでございますか」

竜晴が問うと、「さよう。覚えておられたのだな」と天海は大きくうなずいた。

昨年の冬のこと、将軍家光《いえみつ》は夜になると聞こえる奇声に悩まされ、眠れぬ日々を過ごしていた。奇声は他の者には聞こえないので、悪夢か幻聴か判然としなかったが、やがて鵺の鳴き声だと明らかになる。犬の形《なり》をした付喪神獅子王が城の敷地内に忍び込んで、鵺を見つけ、城の外へと追い出したのだ。これにより、将軍の苦痛は収まり、その晩から安眠できるようになったのだが……。

その晩、将軍は吉夢を見たと天海に打ち明ける。その夢に現れたものが自分を助けてくれたと信じる将軍は、それをお抱えの絵師に描かせることにした。

ただし、この時、天海が尋ねても、何を描かせているのかは教えてもらえなかったそうだ。とはいえ、事情を知る天海と竜晴は、将軍の夢に現れたのは付喪神の獅子王――つまりは犬であろうと予測していたのだった。

その時のことを短い言葉で確かめ合った後、

「されど、絵を拝見して仰天いたしました」

と、天海は目を見開いて言う。

「犬ではなかったのでございますね」

「さよう。描かれていたのは狐であった。尾の数は八本——」

天海が言い終えるなり、玉水がひゅっと息を呑んだ。竜晴の後ろに座り込んでいる付喪神たちは絶句している。

「上さまは何もご存じない。狐は縁起のよいものと信じ切っておられる。いや、狐それ自体はともかく、描かれているのは八尾の狐。かつて江戸を脅かした妖狐で間違いない。上さまはその絵を『八尾狐図《やおのきつねず》』と命名なさって……」

天海が嘆かわしいという調子で語り続けた。

鵺が消えた晩、将軍の夢に現れたのは八尾の狐であった。将軍がそれを吉夢と信じたのはやむを得ないことだが、そうなると、妖狐はかつて二本しかなかった尾を八本まで増やしたことになる。それだけ力を増したということだ。

妖狐が玉水に憑いた時、「尾の数はこの国の王に訊け」と言ったこととも話が符合する。

「公方さまに妖狐のお話はなさったのでしょうか」

竜晴の問いに、天海は首を横に振った。とても信じてもらえる状態ではなく、また不用意に明かすことにも不安を覚え、今のところは何も知らせていないそうだ。

「公方さまの御身に変わりがないのであれば、しばらくはお伝えしない方がよろしいでしょう。九州の乱がようやく平定されたばかりでもございますし」

竜晴の言葉に、天海はうなずいたものの、その表情には不安と焦燥が表れていた。

「おそらくですが、八尾の妖狐が公方さまの夢に現れたのは、鵺の力が弱まったからでしょう。鵺が消えた今、妖狐が悪さをする恐れもありますが、まだ大掛かりなことはできないか、する気がないようです。なぜなら、私たちが神社を留守にしている間、玉水を放っておき、私たちが戻った今になって、玉水に憑いたからです」

「それは、賀茂殿の帰りを待ち、賀茂殿の力を何とかして自分の中に取り込もうとしているためではなかろうか。確か、江戸に眠る怨霊の脅威を述べた後、賀茂殿に我が手を取れと迫ったのであったな」

「さようです。妖狐の言葉を信じるならば、私を味方にしたがっているようですが、無論、そんな誘いに乗るつもりはありません。また、力を欲しているということは、逆にいえば敵の力が不完全な証《あかし》。まだ十分に対処は可能でしょう」

「大僧正さまと賀茂殿のお力で、これまで数多《あまた》の妖を払いのけてきたではありませんか。それがしも及ばずながらお力添えいたします。我らでこの江戸を守りましょうぞ」

貞衡が力のこもった声で鼓舞するように言う。天海もその言葉を受け、顔を上げた。

「確かに、お二方のおっしゃる通り。いや、年のせいか、少々気弱になってしもうた。これからもお二方のお力添えを賜りたい」

天海が気を取り直して言い、竜晴と貞衡はそれぞれうなずいた。

ひとまずは用心しつつ、八尾の妖狐の動きを探ることになり、天海は那須野に変化が見られたかどうか、配下の者を遣わすと約束する。

「ところで、守りの策の一つとして、ある術を伊勢殿に施させてほしいのですが」

竜晴は天海と貞衡を交互に見据えながら、付喪神と意を交わせるようになる術について話をした。天海は「もちろん拙僧に異存などない」とすぐに答え、

「つまり、それを施されると、賀茂殿の付喪神がそれがしとの間を取り持ってくれるわけですな。急を要する時に何かと助けられることもある、と――」

と、貞衡は困惑しつつも受け容れようとしている。

「伊勢殿さえよろしければ、私がここで術をかけましょう。ちなみに、医者の立花泰山にも同じ術を施し、何も障りはありませんでしたので、ご安心くださってよろしいかと」

と、竜晴は告げた。泰山も同じ術を施されているという話は、貞衡を安堵させたらしく、

「そういうことであれば、それがしにも異存はござらぬ」

と、すぐに承知した。

「それでは」

竜晴は貞衡の方に向き直り、右手で印を結ぶと、呪を唱えた。

心眼《しんがん》を見開き、真《しん》の理《ことわり》を見よ
世の理を知り、真に目覚めよ
ノウマク、サマンダ、ボダナン、オン、ボダロシャニ、ソワカ

貞衡は目を閉じ、不動の姿勢を保っている。

「終わりました、どうぞ、目をお開けください」

竜晴は告げた。これで、付喪神たちの言葉が聞き取れるのはもちろん、今の小烏丸や抜丸のように人型に変身した姿も見えるようになる。

まずは、それを実際に見てもらうことだ。小烏丸と抜丸の正体、またアサマの正体を明かすのはそれからでいい。

「どうしたのでござろう。何か、特別に変わったところがあるとも思えぬが……」

貞衡は竜晴と天海を交互に見やりながら呟いている。

「伊勢殿よ。手始めに、賀茂殿と玉水の席の後方を御覧になるとよかろう」

天海が貞衡に向かって言い、貞衡は言われた方向へと目を向ける。そちらには、人型の小烏丸と抜丸が緊張した様子でかしこまっていた。

「……はて。何でござろう」

しかし、貞衡は相変わらず首をかしげている。

「なに――」

竜晴の口から初めて驚きの声が漏れた。

「伊勢殿には私たちの後ろにいるものがお見えにならないのでしょうか」

「はて。何も見えませぬが……」

貞衡の様子は決して嘘を吐いているようには見えない。

竜晴はそれから「解《かい》」と唱えた。小烏丸と抜丸の人型の変身を解いたのである。するとその場にカラスと白蛇の姿が現れた。この時は「うわっ！」と貞衡の口から驚きの声が上がる。

「見えた！　見えましたぞ。カラスと白蛇が見えております」

貞衡はこれこそが術の力と勘違いしたようだが、それは違う。そして、竜晴の呪力が効果を発揮していないわけでもない。

「小烏丸と抜丸、何かしゃべってくれ」

竜晴が言い、小烏丸が「いや、何かと言われてもなあ」と困惑気味に呟き、「愚か者め、お前は黙っているがいい」と抜丸が声を上げたが、貞衡は首をかしげている。

「何か聞こえましたか」

竜晴が問うと、「何と言われましても」と貞衡は困惑気味であった。

「カラスの鳴き声と……蛇が舌を動かす音だけしか」

貞衡が見聞きしているのは、ふつうの人間にも見える付喪神の姿であり、誰にでも聞こえる付喪神の立てる声や音だけであった。

「術が効いていない……」

竜晴は呆然と呟く。

「そのようなことが、これまでにもおありだったろうか」

天海が躊躇《ためら》いがちに問うてきたが、ないと答えるしかない。といっても、同じ術をかけたのは泰山に対してだけであるが……。

その後、もう一度術をかけ直しても、結果は同じ。貞衡には術が効かなかった。効かぬ相手に対して、付喪神のことを説明するわけにもいかず、結局、小烏丸と抜丸を引き合わせることはなしに終わった。アサマについてもその言葉を聞き取れないのであれば、伝える甲斐《かい》もない。貞衡を混乱させるだけと思い、竜晴は口を閉ざした。

「いずれ原因が分かれば、別の策を採ることもできようから」

という天海の言葉に、竜晴と貞衡は何とも言えぬ表情でうなずく。竜晴は喉に何かがつかえたような感覚を生まれて初めて味わっていた。

時を超えた結果、呪力を行使しすぎて使えなくなったのを除いて、そもそも自分の力が功を奏さなかったことなど一度もない。

（いったい、何が起きているのか）

竜晴自身にもわけが分からぬ出来事であった。

三章　銀竜草

一

それからも、小烏神社では警戒の日々が続いていたが、これということは起こらなかった。玉水が憑かれたのは一度きりで、その後は至って元気である。

「まったく玉水ときたら、近頃は油断しすぎて、はらはらさせられます」

と、抜丸が竜晴に訴えてくるほどであった。

玉水が生活するのは、皆の住まいである家屋とその庭が中心で、今は外出も禁じられている。そこで、屋内にいる時は人型の抜丸が、庭に出ている時は小烏丸が、玉水の面倒を見ることで、付喪神たちは合意した。

もちろん、玉水が居間で遊んでいる時は竜晴が、庭で遊んでいる時は泰山が、玉水の相手をすることもあり、その間だけは付喪神たちも休むことができる。ただし、その暮らしは付喪神たちの負担が大きく、抜丸も小烏丸も疲れを覚えてきているようであった。

「玉水の油断とは、どういうことだ」

竜晴が訊き返すと、抜丸は身を乗り出すようにしてしゃべり出した。

「前は、台所へ行く時には必ず私に声をかけてきたのに、今は気ままに、台所へも井戸端へも勝手に行ってしまうんです」

抜丸の負担は、そういう玉水から目を離せず、常に気を抜けないことによるものだろう。

「なるほど。何も起こらぬ毎日が続き、玉水は気が緩んでしまったのだろうな」

もう一度気をつけるよう注意しようと、竜晴は言った。

「これだから子供は困ります。玉水も少しは成長してくれませんと」

「狐の霊は、野狐《やこ》から気狐、空狐《くうこ》、天狐へと変化を遂げる。おそらく、その変化の時にこそ著しく成長するのだろうが……」

「では、玉水も空狐になったら、いきなり大人になるのでしょうか」

「はて。それは分からぬが……」

玉水の主、宇迦御魂に仕える天狐に、竜晴も会ったことがある。彼らが人に化けた時は子供の姿をしていた。玉水よりは大人びていたが、人間の常識には疎く、子供じみたところもあった。

だが、今それを口にすれば、抜丸をよけい疲れさせてしまいそうなので、竜晴は口をつぐむ。

とりあえず、玉水に注意を促しておかねばなるまい。今、庭で遊んでいる玉水の見守り役は小烏丸だ。

竜晴が立ち上がると、ちょうど折よく、

「そうだ、宮司さま」

と、庭先から呼びかけてくる玉水の声がした。縁側の障子を開けると、玉水は目の前にいる。

「私、宮司さまにお伝えしなければならないことがあったんです。いろいろあって、忘れてました」

竜晴が口を開くより先に、玉水がしゃべり出した。

「竜晴に伝えるべきことを忘れ去るとは、おぬし、どういう料簡《りょうけん》だ」

玉水のすぐ後ろで、カラスの姿の小烏丸がすかさず玉水を叱りつけた。

「だって、皆さんがお留守の間の出来事は話したいことがいっぱいで、どれからお伝えしようかと思っているうちに、化け狐のことがあったりして……」

玉水は一生懸命言い訳しているが、それを話しているうちに肝心の用件を忘れてしまわないか、そちらの方が心配だ。

「まあ、それはいい。して、伝えそびれていたという話を、これ以上忘れぬうちに聞いておこうか」

竜晴は玉水を促した。

「ええと、ですね。宮司さまたちがお留守の間に、お客さんが来たんです。今年に入ってすぐのことだったかな」

「客人とは、初めて来た者なのか」

「はい、そう言っていました」

玉水はのんきな口調で答えた。

「まさか、八尾の妖狐と関わりはあるまいな」

口を挟んできたのは小烏丸で、その口ぶりは険しい。今の状況なら、それを疑っ

てかかるのが当たり前だ。玉水はようやくその疑いもあると気づいたようで、「えっ」と驚きの声を発したものの、

「それはないと思いますけど」

と、少し考えた後、ゆっくりと答えた。

「いくら私でも妖なら気づいたと思います。あのお客さんは人間の格好をしていました」

「狐が人に化けることだってあるだろう。おぬしだって人に化けているではないか」

「そういえばそうですね。でも、八尾の狐なら前につかまったことがありますから、さすがに分かります」

「先日、その化け狐に憑かれた時のことを、おぬしは覚えていなかったであろうが」

玉水の言い分を危ぶむ小烏丸の言葉は、至極まっとうであったが、玉水は留守中の来客のことはよく覚えており、決して化け狐などではないと言い張った。

「だって、すごくかわいらしい女の子だったんですよ」

玉水はむきになって言った後、本人を思い浮かべているのか、目もとを和らげた。

「客人は、少女一人だったのか」

「いえ、お付きの男の人がいました。浪人さん？　ううん、そんなに偉そうじゃなかったから、下男みたいな人かなあ。でも、刀みたいなものは持っていたような気がするけど……」

男に関する玉水の発言は、かなりあやふやであった。

「なぜ私を訪ねてきたか、聞いたのか」

「はい。宮司さまのお力を借りて、行方不明のお姉さんを捜してもらいたいそうです」

「ふむ」

竜晴へ依頼をしに、小烏神社を訪れる者は決して少なくない。たいていは前の依頼人のつてだが、噂を聞いて来る人もいる。憑き物祓いから人捜し、時には失せ物捜しの依頼もあった。

「お前は、どのように返事をしたのだ」

「はい。宮司さまはお留守で、お帰りがいつになるかは分からないと答えました。

お客さんはすごくがっかりしていらっしゃいましたけれど、私がまた来てくださいと言ったら、そうすると言っていました」

「その客の居所や名は聞いていないのか」

小烏丸が横から問いかける。

「あ、それは聞きませんでした」

と、あまり悪びれた様子もなく、玉水は答えた。

「でも、また来るって言ったんだから、来ますよ」

「竜晴の帰りがいつのことか分からぬと言っておきながら、どうして客がまた来ると思えるのだ」

小烏丸があきれた口ぶりで言う。

「えー、どうしても何もありませんよ。ただ、来ると思えるんです」

まったく理屈の通らぬ物言いだが、玉水は自信たっぷりであった。

「たぶん、もうすぐ……」

玉水が唐突に言い出した時、竜晴は神社の敷地内に何者かが侵入したことを察知した。竜晴の知る気配ではない。

「お前たち、すぐにここから失せよ」

竜晴は小烏丸と玉水にすばやく命じた。小烏丸は飛び上がり、玉水は居間の奥へと駆け込んで、障子を閉める。

「居間は客を通せるように空けておけ」

障子の向こうへ声をかけてから、竜晴は庭へ下りた。居間には抜丸がいるから、あとはうまくやってくれるだろう。

それから竜晴は、家の玄関と本殿を結ぶ道に足を向けた。客人とはその途中で行き合えるはずだ。家に上げるかどうかは、実際に見てから判断する。

竜晴が玄関前の道へ回った時、本殿近くを歩く二つの人影が目に入ってきた。子供と大人——いや、玉水から聞いていた通り、少女とお付きの男の二人連れである。

玉水は、自覚の有無は別として、この二人の再訪を察知したと思われる。同時に、二人のことを竜晴に伝えそびれていたと思い出したのだ。預かった言伝を忘れるのは頼りない証だが、それでも少しずつ成長している——と思いたい。

客の少女は十一、二歳ほどであろうか、玉水の言葉通り、たいそう整った顔立ちをしている。薄青の麻の小袖に菫《すみれ》色の帯を締めた姿は涼しげだが、衣替えの前にしては少し季節外れか。

連れの男は二十代前半ほどで、上背がある。脇差《わきざし》を手挟《たばさ》んでいるが、浪人と言うには格好がみすぼらしく、下男かもしれないと玉水が言うのも無理はない。

竜晴と行き合わせたところで、少女は足を止め、

「小烏神社の宮司さまでいらっしゃいますか」

と、澄んだ声で問うてきた。

「はい。あなたは私の留守中に、人捜しの依頼に来られた方ですか」

「その通りです。お留守役の方から聞いてくださったのですね」

少女の声が明るく弾む。そのわりに表情はあまり変わらず、どことなくちぐはぐな印象であった。とはいえ、表情の乏しさについては、竜晴も人のことを言えた義理ではない。

「お会いできてよかった。今日もお留守だったらどうしようと心配していたのですけれど」

「前の時は申し訳ないことをしました。お捜しの方はまだ見つかっていないのですね」

「はい、まだ。もうずっとずっと長い間、お姉さまは見つかっていません。本当に長い間——」

少女は悲しそうにうつむいた。

「では、まずはお話を聞かせてもらうとしましょう」

竜晴は言い、少女と男を玄関口へ案内する。廊下を通って、いつもの居間へ入ると、玉水と抜丸はすでに姿を消していた。

「私は小《こ》ぎんと申します。捜していただきたいのは、姉のぎんでございます」

少女は竜晴と向き合って座ると、すぐに用件について切り出した。さらに話を進めようとする小ぎんをいったん制すると、竜晴は小ぎんの少し後ろに座る連れの男に目を向け、

「念のため、お連れの方も名乗っていただいてよろしいか」

と、促した。男は首肯し、自ら口を開く。

「私は一助《いちすけ》と申します」

「小ぎん殿とは主従の間柄で？」

「まあ、そのようなものです」

と、一助は短く答えた。くわしく話す気はなさそうで、小ぎんからの発言もない。

「では、姉君についてお聞かせ願えますか」

竜晴が小ぎんに目を戻すと、小ぎんは「はい」とうなずき、語り出した。

「姉はとても優しい人でした。私のことをいつもそばに置き、とてもかわいがってくれて……。でも、ある時、用事で山を一つ越えたところへ出かけ、そのまま行方知れずとなってしまいました」

「山中は捜索なさったのですね」

「……たぶん。あ、いえ、私は幼かったので、はっきりしたことは……」

小ぎんの物言いがあいまいになる。竜晴は少し目を細め、別の問いに替えた。

「お二人の親御さんは？」

「……実の親は早くに亡くなり、その後は養い親に育てられました。そのう、そこは居心地のいい家ではなくて。私はいないものとして扱われ、お姉さまは養母にさんざんいじめられ……」

小ぎんは悲しげに言う。実の親が亡くなってから、姉妹で苦労をしてきた様子がうかがえた。

「姉君が行方知れずになったのは、何年前でしょう」

「ええと……何年前かはよく分かりませんが、とにかくずっと遠い昔です」

といっても、小ぎんの記憶に残っているのならば、十年以上前ではあるまい。だが、小ぎんははっきり何年前——と答えることができなかった。さらに、おぎんが行方知れずになった山の名も言えなかった。

「では、お二人が暮らしていたのはどこですか」

「………」

これにも、小ぎんは答えられない。竜晴は目を細めて、うつむく小ぎんをじっと見つめた。

「金沢です」

この時、それまで黙っていた一助が答えた。

「山の名は、野田山《のだやま》といいます」

竜晴は小ぎんから一助に目を移したものの、なおも、小ぎんの様子は目路《めじ》の隅にとらえておく。

「その野田山中で、おぎん殿の消息が絶えたのですね」

一助は無言でうなずいたが、それ以上はしゃべる気がなさそうであった。すると、

「宮司さま、姉を見つけてくださいますか」

小ぎんが顔を上げ、身を乗り出すようにして問うてきた。

「消息を絶ったのが山の中で、捜索しても見つからぬまま数年——となれば、おぎん殿が今も無事と言い切るのは難しいでしょう。それでも無事であるならば、いくつかのことが考えられます」

「どんなことでしょう」

小ぎんはますます前のめりになる。

「一つめは、おぎん殿が自ら過去を捨てた場合。たとえば、一緒になりたい男の人がいたが許してもらえず、駆け落ちしたなどという例《ためし》が考えられます。二つめは、事故などで記憶を失っている場合で、今も自分の素性を知らぬまま暮らしているかもしれません。最後は、何がしかのよくない妖や悪霊に憑かれてしまった場合で、私が最もお力になれるのはこの三つめですが……」

「きっと、三つめですわ」

小ぎんは決めつけるように言った。

「どんな理由があろうと、お姉さまが私を捨てるはずがないんです。記憶を失くしたとしても、思い出したら必ず帰ってきてくれたはず。こんなに長い間、忘れたままでいるなんてことも考えられません」

力強く言い切る様子は少し異様で、小ぎんこそ何かに憑かれているように見えなくもない。

「どうか、宮司さまのお力で、お姉さまの居場所を見つけ出してください」

「おぎん殿の心がこもっている何か――大切にしていた物などがあれば、可能かもしれません」

竜晴は静かに告げた。

「お姉さまが大切にしていた物……」

少し虚を衝かれた様子で、小ぎんは竜晴の言葉をくり返す。それまでの熱に浮かされたような必死さは影を潜め、「……探してみます」と小ぎんは少し自信のなさそうな声で答えた。

「では、見つかりましたら、またお越しください」

竜晴の言葉に黙ってうなずき、小ぎんと一助は帰っていった。

二人の姿が鳥居を出たと竜晴が察知した頃、いつもの居間に抜丸と玉水が、それに庭からは小烏丸がやって来た。小烏丸を縁側から中へ入れ、障子を閉めてから、竜晴は小ぎんたちの話を聞かせる。

抜丸と小烏丸は付喪神ならではの力で、客人たちとの会話を聞いていたようだが、その力を持たぬ玉水は竜晴の話を熱心に聞き、

「そうですか。あのきれいな子、小ぎんちゃんというんですね。私にもお姉さんのことが心配でたまらないと言っていました」

と、気の毒そうに呟いた。次いで、

「宮司さま、どうか小ぎんちゃんの力になってあげてください」

と、竜晴に取りすがるようにして言う。

「待て待て。まずはあの小ぎんと一助とやらが、安全な者かどうかというところからだ」

小烏丸が慌てて話に割って入った。

「少なくとも、八尾の狐との関わりは感じられなかったと思うが、竜晴はどう見た」

「ふむ。それは私も第一に探ったが、八尾の妖狐の気配はない。妖狐が化けたわけでもなければ、関わりもないだろう。今のところは、の話だが……」

竜晴の言葉に「だから、私がそう言ったじゃないですかあ」と玉水が少し拗《す》ねた声で言った。

「とりあえずは、あの小ぎん殿が何を持ってくるか、様子を見るとしよう」

ということで、話は終わりとなったが、玉水は「小ぎんちゃん、早く来ないかな」と心待ちにしている。

「次は、私も小ぎんちゃんに会わせてくださいね」

玉水は浮き浮きした口ぶりで、竜晴に頼んできた。

二

玉水が妖狐に憑かれてからの警戒は続いていたが、その間、いつもの来客を受け容れなかったわけではない。花枝と大輔はこれまで通り頻繁にやって来て、玉水とも仲良く過ごしている。

「宮司さまがお留守の時に訪ねてきた女の子が、この間、また来たんです」

玉水が花枝に弾んだ声で語ったのは、小ぎんが来てから三日後のこと。

「女の子――？」

花枝は一瞬、訝《いぶか》しげな表情を浮かべたが、すぐに「あっ」と声を上げた。

「前に、玉水ちゃんが話していた子のことかしら」

花枝は、前に小ぎんが来た話を、玉水から聞かされていたらしい。

「宮司さまはその人にお会いになったのですか」

花枝は竜晴に目を据えて訊いた。

「はい。三日前に来たのですが、その時は私だけが会いました。行方知れずとなった姉君を捜してほしいとのことでしたが」

「……お気の毒ですね」

花枝はいったん目を伏せたものの、すぐに竜晴に目を戻し、

「とてもきれいな女の子だと、玉水ちゃんが話していましたわ。本当にきれいな子でしたの？」

と、真剣な目つきで問うてくる。

「そうですね。花枝さんのように溌剌《はつらつ》としたところはありませんが、顔のつくりは整っていました」

竜晴が言い終えるより早く、大輔が横から口を挟んできた。

「姉ちゃんは溌剌っていうよりお俠《きゃん》ってやつだろ。その小ぎんって女はおしとやかなのか」

「女というより少女だ。大輔殿より二つ三つは下であろう」

「そう。大輔より幼い子なのですね」

花枝は少し安心した様子で呟いた。

「今度、小ぎんちゃんが来たら、私もお話ししたいです。花枝さんも一緒の時なら嬉しいなあ。お花を摘んで飾ったり、絵草紙を読んだり、あ、お人形遊びをするのもいいかも……」

玉水が待ち遠しい様子で浮かれているので、

「小ぎん殿は依頼のために来られるのだ。お前と遊ぶために来るわけではないぞ」

と、竜晴はたしなめた。

「絵草紙やお人形遊びのお相手は、私がするわよ、玉水ちゃん」

花枝が玉水を慰めるように言う。大輔はその傍らで、「へんっ」と不服そうに鼻を鳴らした。

「玉水は男だろ。女みたいな遊びばっかしてないで、相撲や的矢《まとや》をやらないか」

「私は絵草紙やお人形遊びの方が好きです。もっとも、お人形は持っていませんが」

「えっ、玉水ちゃん。お人形を持っていないの」

花枝が驚いた顔を見せた。

「はい。前は持っていたんですけれど、今は……」

ふるふると首を横に振って、玉水は悲しそうに溜息を吐く。

かつての玉水は人間に化けて、姫と呼ばれる高貴な女人に仕えていたから、その頃、人形を持っていても不思議はない。だが、小鳥神社へ来てからは、玉水に人形を与える者などいなかった。

「そうか。玉水は人形が欲しかったのか」

本性が雄の狐であろうとも、玉水は人間の少女に化け、そのつもりで暮らしている。人間の少女が好むものを、玉水が好むのは道理であった。

「気づかなくて悪かったな」

竜晴は玉水に謝った後、

「人形とは、どこで手に入れるものなのでしょう」

と、花枝に目を向けて尋ねた。

「よいつくりの人形はかなり値が張りますわ。もしお古でもよければ、私の人形を玉水ちゃんに差し上げます。私の下に妹はおりませんので」

「えっ、本当ですか、花枝さん」

玉水はぱあっと顔を明るくした。

「今度持ってくるから、一緒にお人形遊びをしましょう」

花枝の言葉に、玉水は大喜びだ。着せ替えはできるのか、髪型は変えられるのか、人形の衣装はどうやって作るのか、そんなことを真剣に語り合っている。

女同士——というわけではないが、見た目は女同士そのもので、どちらも楽しそうであった。玉水を遊び相手にできなかった大輔は不満そうだが、

「玉水は変わり者だから、分かってやってくれ」

と、竜晴は慰めた。

「でもさあ、もう少し男っぽいこともさせた方がいいんじゃないの？　玉水のためにもさ」

「私は預かっているだけで、玉水の後見人は余所にいるのでな。いずれにしても、自分の思う通りにするのがいちばんだろう」

そんな話を交わしていると、外の庭でカラスがカアと鳴いた。

「竜晴よ、例の小娘と男がまた来たぞ」

と、小烏丸が言っている。

竜晴もその気配は察していた。花枝たちとかち合ったのは予想外だが、仕方あるまい。とりあえず、何も気づかぬふりをして待っていると、やがて玄関口から「ごめんください」という小ぎんの声が聞こえてきた。

「まあ、私たちは失礼しましょうか」

花枝は腰を上げかけたが、竜晴は「いえ、もう少しこちらに」と引き留めた。

「玉水は少し前に妖に憑かれましたので、独りにしたくないのです」

初めて聞く話に、花枝と大輔は少し驚いたものの、もとより怪異の類には慣れた姉弟である。すぐに真剣な面持ちでしっかりとうなずき返した。人型の抜丸が屋内に、小烏丸が庭にいるとはいうものの、さらに万全を期した方がよい。

竜晴が部屋を出ていくと、すぐ近くの廊下に抜丸が控えていた。

「客は泰山が使っている小部屋へ通す。玉水を頼むぞ」

小声で抜丸に命じてから、竜晴は玄関へ進み、小ぎんと一助を出迎えた。先日と違うのは、一助が風呂敷包みを抱えていることであった。

「おぎん殿の大切にしていたものが見つかったのですね」

竜晴の言葉に、小ぎんはうなずいた。

「今、来客中ですので、少し狭いですがこちらへ」

竜晴はそう断って、小ぎんたちを居間の向かい側の部屋へと案内した。先日のように、竜晴と小ぎんが向かい合い、小ぎんの斜め後ろに一助が座る。

「では、おぎん殿ゆかりの品を見せてください。術を使えば、その持ち主の現在を探ることもできるやもしれぬ」

竜晴が言うと、一助が風呂敷包みを膝前に寄せ、結び目をほどき始めた。藍染めの風呂敷が除かれると、さらに白い布が現れ、件《くだん》の品はその中にあった。

「人形……」

それは、少女の姿をした人形であった。小ぎんと同じような薄青の着物を着け、大きさは竜晴の両手に少し余るほどである。結った髪型はやや不格好なので、元々そうだったというより、持ち主によっていじられた後のようだ。

先ほど玉水と花枝が人形遊びの話をしていた際、髪型がどうこうと言っていたことを、竜晴は思い起こした。

「お姉さまゆかりの品は、これより他にもうありません」

小ぎんは訴えかけるように言い、「どうかお姉さまを見つけてください。よろしくお願いします」と頭を下げた。

「こちらへ」

竜晴が言うと、一助が風呂敷包みごと人形を竜晴の前に置いた。

横たわる人形の額に、右手の人差し指と中指を軽く触れさせる。竜晴は印を結ぶと、静かに呪を唱えた。

知恵ある者、我が蒙《もう》を啓《ひら》き、帰するところを知らしめよ

オン、アラハ、シャノウ

しばらく目を閉じたまま、不動を貫き、依頼主の求めるものの軌跡を追う。

ややあってから、竜晴はゆっくりと印を解き、目を開けた。

「いかがでしたか」

小ぎんが切羽詰まった眼差しを向けて問うてくる。竜晴はその小ぎんにしっかりと目を合わせた。

「残念ながら」

小ぎんの黒目から光が一瞬で消えてしまう。

「おぎん殿の気配はたどれませんでした」

「それは……どういうことなのでしょう」

小ぎんが震える声で問うた。

「おぎん殿が、すでにこの世の人ではないということです」

竜晴の言葉は最後まで聞いてもらうことができなかった。

「いやあーっ！」

という悲鳴のような声が、竜晴の言葉を拒絶したからだ。

「お嬢さま」

一助が腰を浮かせ、両手で頭を押さえる小ぎんのもとに膝を寄せる。小ぎんはもはや誰の言葉も受け付けぬ様子で、叫び声を上げていた。それが、あまりに不安を掻き立てる声だったからか、

「どうしたんですか」

部屋の外に数人の足音がして、引き戸が開けられた。玉水と花枝、大輔が一緒に顔をのぞかせる。

「あ、小ぎんちゃん」

玉水が声を放った時、小ぎんは意識を失い、一助に抱きかかえられていた。

三

小ぎんが目覚めた時、最初に目に入ったのは、若い娘と少女の顔であった。自分は布団に横たえられ、二人が介抱してくれていたらしい。

最初に神社を訪れた時、留守番をしていた少女には、小ぎんも見覚えがあった。

少女は玉水と名乗り、もう一人の年かさの娘は花枝と名乗った。

「あの、私は……」

「小ぎんちゃんは宮司さまの前で、ばたんと倒れちゃったんだよ」

と、玉水という少女が答えた。いったい、いつの間に「ちゃん」付けで呼ばれるほど親しくなったものか。思い当たる節はなかったが、玉水が親しみやすい少女であることに異論はない。

「たぶん、聞きたくない結果を耳にして、衝撃を受けてしまったんだろうって、宮司さまが……。でも、気がついて、本当によかったわ」

花枝と名乗った娘が優しく教えてくれる。

その言葉で、気を失う前のことがよみがえってきた。そうだ。小鳥神社の美しい宮司は、おぎんがもうこの世の人ではないと言ったのだった。何の斟酌《しんしゃく》もない冷たく淡々とした物言いで。

もう少し言いようがあるだろうとは思うが、どう言われたところで、おぎんの死を受け容れられはしない。おぎんは死んでなどいない。必ず妹である自分のもとへ帰ってくるのだ。

「道《みち》の辺《べ》の……尾花《おばな》が下の思ひ草……今さらさらに……」

自覚せぬまま、小ぎんの口は勝手に歌を紡いでいた。昔、おぎんから教えてもらった歌――。おぎんは節をつけて歌いながら、鞠《まり》をつくのが上手だった。

「しみじみしたいいお歌ね」

花枝が呟くように言った。小ぎんは花枝に目を向ける。

「お姉さまが教えてくれたの」

なぜか、素直に語る気持ちになっていた。

「もしよければ――」

花枝は少し遠慮がちに言う。

「玉水ちゃんと私に、お姉さまのことを話してくれない？」

玉水が音を立てるような勢いで、うんうんと首を縦に動かした。

おぎんの話を聞いてくれる――もう長い間、そんな人間には会うことがなかった。

誰かに話したい――と自分から思ったことなどなかったのに、聞いてもらえるとなった途端、どうしても話したくなってしまった。

起き上がろうとした小ぎんに、花枝が「大丈夫？」と背中に手を添えてくれた。

玉水も見よう見まねという感じで、手を貸してくれる。

起き上がって初めて、部屋の隅の方に一助がひっそりと座っていることに気づいた。折り目正しく正座して、まるで人形のように動かない。

美しい宮司の姿はなかったが、花枝と玉水が特に知らせに行かないので、しばらくこのままでよいのだろう。小ぎんはそう考えると、胸に刻まれた姉の思い出を語り始めた。

「お姉さまと私は二人きりの姉妹だったの。父さまと母さまが亡くなった後は、父さまの遠縁の親戚に引き取られたんだけど、その時も一緒で。あれは……お姉さまが十歳《とお》の時だったわ」

「小さい時に苦労したのね」

花枝が優しい声で言い、今も小ぎんの背に添えてくれている手をそっと上下に動かした。小ぎんは心地よさに少しだけ目を閉じる。

「養父母には実の子がいなかったけれど、私たちを大事にはしてくれなかった。お姉さまは養母の御前《ごぜん》さまにいじめられたし、私はいない者のように扱われて」

「いない者のように扱われるって、どういうこと？」

玉水が理解できないという様子で訊いてきた。

「そのままよ。話もしてくれない。目も合わせてくれない。ご飯もくれない」

「そんな……」

花枝が衝撃を受けた様子で口ごもる。

「でも、私は平気だったわ。お姉さまがいてくれたもの。お姉さまがいつも私のそばにいて、食べ物も分けてくれたし、夜は一緒に寝てくれた」

「でも、それじゃあ、二人ともお腹いっぱい食べられなかったでしょう？」

心配そうに言う花枝に、

「私は食べな……ううん、あまり食べないから」

と、小ぎんは答えた。

「お姉さまは少し大きくなると、近くの山で山菜や茸《きのこ》を採ってくるようになったの。初めは御前さまに取られていたけれど、そのうちご近所の家に持っていくと、代わりに食べ物を分けてもらえるようになって」

そんなふうに、姉妹で労《いたわ》り合いながら暮らす中でも、おぎんは小ぎんにいろいろなことを教えてくれた。手鞠歌《てまりうた》もその一つだ。

道の辺の尾花が下の思ひ草　今さらさらに何をか思はむ

――道端の尾花の下で、うつむくように咲く思い草は、まるで物思いにふけっているみたい。私も同じように、物思いにふけっているけれど、今さら何を思い悩んだりするでしょう。私の思いはこれまでと変わりません。

　そんな気持ちを、昔の人が五、七、五、七、七の歌に詠《よ》んだものだそうだ。それに別の人が節をつけたという歌を、おぎんは澄んだ声で歌ってくれた。

「思い草を初めて見たのは、茸を採りに山へ向かう途中の道端だったわ。『これが手鞠歌に出てくる思い草よ』ってお姉さまが教えてくれたの。その花は歌にある通り、うつむくように咲いていた。紅色と白の交じった蘭《らん》のような花が、とてもかわいらしくて」

　つらくとも姉妹で一緒にいられればどんなことでも我慢できる――少なくとも、小ぎんはそう思っていた。おぎんもよく「大人になるまでの辛抱よ」と言って、小ぎんを抱き締めてくれた。だから、小ぎんはいつまでも姉と一緒だと信じていたし、二人が離れ離れになるなどとは考えたこともなかった。

「そんなお姉さまが変わってしまったのは、いなくなる少し前」

その頃、おぎんには縁談が持ち上がっていた。それを受け容れれば養家を出ていける、とおぎんは期待のこもった声で、小ぎんに話した。

小ぎんとしても、養家を出ていけるのはありがたい。しかし、姉がそのために好きでもない男と夫婦《めおと》になるのは嫌だった。

「でも、お姉さまはそんなに嫌そうではなかったの」

小ぎんがうつむきがちに呟くと、

「もしかして、おぎんさんは好いたお人と一緒になれるのが嬉しかったんじゃないかしら」

と、花枝が少し遠慮がちに訊いてくる。小ぎんはうつむいたまま返事をしなかった。おぎんが自分以外の誰かを、大切にするということが受け容れがたかった。

おぎんは、嫁ぐ時には小ぎんも一緒に連れていくと約束してくれたが、そういう問題ではない。だが、姉の縁談に小ぎんが口を挟むことはできず、といって手放しで喜ぶこともできず、小ぎんは悶々《もんもん》としながら日々を過ごした。

「そんな私を、お姉さまが近くの山に連れていってくれたの。夏の初めの頃で根曲がり竹を採りに行こうって言われて。でも、見つけたのは根曲がり竹じゃなくて、真っ白な草だったわ」

「真っ白な草？」

玉水が頓狂な声を上げる。

「白い花が咲いている草ってこと？」

「ううん。上から下まで、花も茎も真っ白だった。葉っぱはなかったと思うけど」

「葉っぱのない草なんてあるの？　草は青い葉っぱにお天道《てんとう》さまの光を浴びて、大きくなっていくんだって、泰山先生が教えてくれましたよ」

玉水がきょとんとした目を向けてくるが、小ぎんにもくわしいことなど分からない。「今は、小ぎんちゃんの話を聞きましょう」と花枝が促してくれたので、小ぎんは話を元に戻した。

――この花、思い草に似ていると思わない？

と、おぎんは小ぎんに尋ねてきた。確かに、うつむくように咲くその姿は、前におぎんが教えてくれた、思い草という草花にそっくりだった。

——でも、思い草の花は、紅色が交じっていたし、季節ももっと遅かったわ。

小ぎんの言葉に、おぎんもうなずいた。

——ええ。私も思い草の狂い咲きかしらと思ったの。でもね。

おぎんは少し頰を染めると、許婚《いいなずけ》となった男の名を口にし、彼が教えてくれたのだと前置きしてから、

——この花はね、銀竜草《ぎんりようそう》というんですって。

と、言った。まるで大事な秘密でも打ち明けるかのように。

「その時のお姉さまは楽しそうだった。お姉さまの名前が『ぎん』で、私が『小ぎん』だから、この花は私たちと同じ名前なのよって、はしゃいじゃって」

しかし、浮かれるおぎんを前に、小ぎんの気持ちはまったく浮き立たなかった。むしろ、おぎんの浮かれぶりが腹立たしかった。

「だから、言ってしまったの」

「え、何て？」

花枝が促してくる。

「……幽霊みたいで薄気味悪い花だって。私はこんな花、好きじゃないって」

玉水がひゅっと息を呑むような音を立てた。花枝は目を見開いたまま、何も言わない。

この草が幽霊草《ゆうれいそう》、幽霊茸《ゆうれいだけ》と呼ばれていることは、後になって知った。その時はもちろん知っていたわけではなく、ただただ悪意を持って口にした。姉を困らせたくて、好きじゃないと言った。

「おぎんさんは傷ついたのではないかしら」

ややあってから、花枝が躊躇いがちに訊いてきた。小ぎんは静かにうなずいた。

「たぶん……。でも、その時は怒ったりもせず、ただ寂しそうに微笑《ほほえ》むだけで」

――それでも、私はこの花が好きよ。まるで氷と雪で作られた花みたいで、本当にきれいだと思うわ。

おぎんはそう言って、優しく小ぎんを見つめた。

――残念だわ。小ぎんも好きになってくれるかと思ったのに。

この日は、根曲がり竹を探しに行く気にもなれなくて、その足で二人は山を下りた。帰り道はあまり話もしなかった。

「お姉さまがいなくなってしまったのは、その年の秋。銀竜草はもう咲いてなくて、思い草が道端に咲いている頃……」

それ以来、小ぎんは眠って目が覚める度、ぜんぶ夢だったんじゃないか、おぎんは今も自分のそばにいてくれるんじゃないかと、くり返し思い続けてきた。

でも、おぎんが消えたのは、夢などではない――そう分かった時、小ぎんはどういうわけか、思い草が大嫌いになった。見るのも嫌になった。

やがて、次の年の夏が来た。

「お姉さまがいなくなった後、御前さまは私を捨てようとしたの。山の中へ連れていかれて、何度も置き去りにされて……」

「まあ、何てひどい！」

花枝は自分の身内のことのように怒ってくれる。

「小ぎんちゃん、かわいそう……」

玉水は今にも泣き出しそうな顔になって言ってくれる。

「ありがとう。でも、私はぜんぜん平気だった。むしろ、山の中へ連れていかれたせいで、銀竜草を見つけることができたんだもの」

小ぎんは明るい声で告げた。

「あの時、私はこう思ったの。ああ、なんてきれいな花なんだろうって。本当に氷と雪で作られたような美しい花だって」

凍りついた冬の月が美しいように、銀竜草の花は本当に美しい。どうして、おぎんと一緒に過ごしたあの夏の日、銀竜草の花を美しいと思えなかったのだろう。この美しい花がどうして幽霊のように見えたのだろう。

自分でも不思議でならなかった。

「今はこう思うの。あの時、お姉さまの好きな花を、私も好きと言っていたなら、お姉さまがいなくなることはなかったんじゃないかしらって」

小ぎんが口を閉ざしてうつむくと、

「おぎんさんがいなくなったのは、小ぎんちゃんのせいじゃないよ」

すかさず、玉水が叫ぶように言った。掛け布団の上にのせた小ぎんの手に、玉水が両手を重ねてくる。

顔を上げると、玉水は目を潤ませていた。

「玉水ちゃんの言う通りだと、私も思うわ」

花枝が言い添える。

「おぎんさんは小ぎんちゃんから銀竜草を嫌いと言われて、確かに寂しい思いをしたでしょう。でもね。もし小ぎんちゃんが気兼ねして、好きでもない花を好きと言っていたら、もっと寂しかったんじゃないかしら。だって、姉妹って気兼ねや遠慮をしないでいい間柄でしょう？」

「私……間違ったことをしたわけじゃない？」

小ぎんは花枝に目を向けて訊いた。誰かに答えを言ってほしかった。本当は姉のおぎんに答えを訊きたい。だが、おぎんにもう会えないのなら、他の誰でもいい。

答えを教えてください。

「間違ってなんかいないわ」

花枝はそう言って、小ぎんを優しく抱き締めてくれた。

この人はお姉さまに似ている——そんな考えが唐突に浮かんだ。

「もう少ししたら、銀竜草が生えてくるわ」

小ぎんの口は勝手に動いていた。もしお姉さまのようなこの人と一緒に銀竜草を見ることができたなら——。

「私と一緒に見てくれる？」

声を震わせながら、小ぎんは花枝に訊いた。

「もちろんよ」

花枝はすかさず言ってくれた。「私もお二人と一緒に見たいです」と玉水も続いて言う。

「じゃあ、約束ね。銀竜草の花が咲いたら――」

「ええ。約束よ」

花枝が小ぎんの手を握り締め、玉水がその上に手を添えた。

今年は一緒に銀竜草の花を見てくれる人がいる。独りぼっちであの白い花を見ながら、涙をこぼさなくていいんだ。小ぎんはその日が待ち遠しくてならなくなった。

四章　男たちの消息

一

　小ぎんが小烏神社で気を失い、花枝と玉水の介抱を受けて帰った日から四日後の朝――。

　花枝と大輔がいつになく深刻そうな表情で、小烏神社へ現れた。朝五つ半（午前九時頃）より前のことで、泰山もまだ往診に出かけていなかった。

「宮司さま、朝早くから申し訳ありません。今日は、小ぎんちゃんのことでお話ししたいことがあって参りました」

　花枝はいつもの明るい笑みも見せずに告げた。大輔は大輔で、不機嫌そうに口をへの字に曲げている。

「小ぎん殿の……？　分かりました」

竜晴は二人を居間に招き入れ、庭にいた泰山にも中へ入るように促した。

花枝と玉水が小ぎんから聞いた話は、竜晴も知っているし、その後、泰山にも話してある。

「花枝さんと大輔さんだ」

玉水が嬉しそうに声を上げ、「麦湯をお持ちしなくちゃ」と立ち上がりかける。その玉水を、「待って」と花枝が真面目な顔で呼び止めた。

「麦湯はけっこうだから、ここにいて話を聞いてほしいの。玉水ちゃんにとっても大事な話だから」

玉水は足を止めて竜晴の顔を見つめてくる。竜晴は「花枝殿の言う通りにしなさい」と告げた。

そこで、居間に五人が車座になり、花枝と大輔の話を聞くことになった。

「先日ここでご一緒してから、小ぎんちゃんは再びこちらへ参りましたか」

まず、花枝が竜晴に目を向けて訊いた。

「いえ、花枝殿たちが居合わせたあの日以降、小ぎん殿は来ていません」

竜晴は呪力を使って、おぎんの死を読み取った。小ぎんの依頼に対してはそれが精一杯であり、それ以上はどうしようもない。小ぎんもまた、さらなる依頼をすることはなく、姉の人形を一助に持たせ、帰っていった。

一方で、小ぎんと花枝、玉水の間には、特別な絆《きずな》が生まれている。いわば女同士の友情と呼ぶべきもので、銀竜草が咲く季節になったら三人で一緒に見ようと、約束したというのであった。

竜晴としては、玉水に「勝手に出かけることだけはするな」と固く忠告はしたものの、行くなとは言っていない。銀竜草の時節まではもう少し間があるため、様子を見るつもりであった。

「小ぎんの奴、昨日、うちに来たんだよ」

その時、大輔が妙に苦々しい口ぶりで言った。

「大和屋《やまとや》さんに……？」

花枝と大輔の父が営む旅籠《はたご》の名を出し、竜晴は訊き返した。そもそも、小ぎんはどうやって花枝と大輔の家を知ったのだろう。

「小ぎん殿にお宅の場所を教えていたのですか」

竜晴は花枝に尋ねたが、花枝は「いいえ」と困惑気味に答える。

「銀竜草を見る約束はしましたが、私の家の場所までは」

念のため玉水にも確かめたが、花枝の家の場所を勝手に教えるなどということはしていないと言う。

「小ぎん殿は、お二人の家に何をしに行ったのですか」

とりあえず、竜晴は話の続きを花枝たちに促した。

「小ぎんちゃんはまず私を呼び出したのです。どうして家を知っているのか驚きましたので、そのことも尋ねてみましたが、答えてはもらえませんでした。こう、何というか、話があまり通じない感じで」

花枝は困惑気味に口ごもっている。

「話が通じない、とは……？」

「私に向かって『お姉さま』と呼びかけてくるんです。初めはふざけているのかなと思ったのですが、至って真面目なので、『小ぎんちゃんのお姉さまはおぎんさんでしょう？』と言ってみました。そうしたら、『いなくなったお姉さまの代わりに、花枝さんが私のお姉さまになってくれるんでしょ？』と言うんです」

「何だって！」

泰山が驚きの声を放ち、自分でも声の大きさに驚いて、ごまかすように咳払いをした。

「結局、いくら姉ちゃんが言い聞かせても埒《らち》が明かなくてさ。知らせを受けて、俺が出ていったんだ。とりあえず姉ちゃんから引《ひ》っ剝《ぺ》がして、話を聞いてやったんだけど、わけ分からねえことばっか言うんだよ。『あなたがお姉さまを大事にしてないことは知っている。だから、私にお姉さまをちょうだい』とか。腹が立つわ、話は通じないわ、本当にまいったの何のって」

大輔は大袈裟《おおげさ》に溜息を漏らした。

「それは、災難だったな」

ようやく落ち着きを取り戻した泰山が、大輔を慰めている。

「結局、私と大輔では、小ぎんちゃんを納得ずくで帰らせることができなくて、最後にはうちの奉公人たちに追い返してもらう羽目になったんです。小ぎんちゃんにもつらい思いをさせてしまい、心配なんですが……」

花枝は気がかりそうだ。

「小ぎんの心配をしてる場合じゃなかっただろ。あの調子じゃ、うちに上がり込むか、姉ちゃんを無理に連れていきかねない勢いだったんだからさ」

大輔が花枝を厳しい口調でたしなめている。

「小ぎんちゃん……大丈夫でしょうか」

玉水は浮かぬ顔をしていた。やはり、小ぎんの身を案じているようである。

「その後、追い払われた小ぎん殿は、大和屋さんから立ち去ったのですね」

「はい。しばらくは少し離れた場所から、うちを恨めしそうに眺めていたそうですが、やがてあきらめていなくなったそうです。本当は昨日のうちにお知らせしようと思ったのですが、さすがに少し怖くて」

「賢明なお考えです。もし次に大和屋さんへ小ぎん殿が現れたら、今度は私に知らせてください。小ぎん殿をこちらへ案内してもいいですし、難しそうなら、私が大和屋さんへ参りましょう」

「分かりました」

花枝は素直にうなずいた。

「ところで、先日小ぎん殿に付き添っていた一助さんは、昨日もご一緒だったのですか」

「あ、そうそう。そいつがいるんじゃないかと探してみたんだけど、一緒じゃなかったみたいだ。あの人がいれば、小ぎんを連れ帰ってもらおうと思ったのにさ」

と、大輔が残念そうに言う。

その後、小ぎんの住まいを聞いたか尋ねてみたが、花枝も大輔も聞いていなかった。そうなると、今できることは何もなく、ただ小ぎんの側からの動きを待つしかない。

「花枝殿と玉水には心を許しているようですし、銀竜草を見に行くという約束もあるのですから、このままにはならないでしょう。まずは待つしかないと思います」

「このまま何も言ってこないならこないで、かまわねえんだけど」

と、大輔はいつになく棘のある物言いをした。花枝の身を案じる大輔の気持ちも分からなくはない。

「いずれにしても、三名だけで銀竜草を見に行くのは反対です。その場合は私や泰山、それに大輔殿、場合によっては大和屋さんの奉公人の方も一緒がよいでしょう」

竜晴の言葉に、「はい」と花枝は神妙に返事をした。

「ところで、泰山」

と、竜晴は声の調子も改め、話を変えた。

「銀竜草は薬草でもあるのだろう。もうそろそろ見られる頃なのか」

「ああ。夏の森や林、木々が密集して生えているところに見られる。草木は日の光から養分を得るが、銀竜草はそれができないので、他から養分をもらって育つのだ」

「あ、それ。泰山先生にお尋ねしたかったんです。青葉を持たない草なんて、この世にあるんですか？」

玉水が声を上げた。小ぎんから、葉がなくて茎も白い草と聞かされ、奇妙に思っていたという。

「ああ、草という名はついているけれど、ふつうの草ではないんだ。茸のように、他から養分をもらうのだが、茸とも違う。まあ、幽霊茸なんて呼ばれることもあるから、誤解されやすいんだが」

「幽霊草とも言うらしいな」

竜晴の言葉に、泰山は「ああ」とうなずいた。

「茎も花も真っ白なのでな。とても神々しいと言う人もいれば、不気味と言う人もいる。花の形は蘭のようで、うつむくように咲いている姿はなかなか愛らしくもあるのだが……」

「茸じゃないのに、他の草木から養分をもらうなんてめずらしいやつだね」

大輔が興味を引かれた様子で口を挟む。

「いや、実はそうでもない」

銀竜草によく似た銀竜草擬《もどき》と呼ばれる草もあり、こちらは秋の頃に生える。また、真っ白ではないが形のよく似た南蛮煙管《なんばんぎせる》という草もあり、こちらは秋に薄《すすき》などの根から養分をもらって成長する。いずれも薬として用いられる草だと、泰山は滑らかな口ぶりで語った。

「あ、銀竜草に似た花があるって、小ぎんちゃんも言ってました。ええと、手鞠歌に出てきた……」

玉水が言い淀むと、花枝が「思い草ね」と言った。花枝からその話を聞いた泰山が、それは南蛮煙管のことだろうと言う。

「ところで、銀竜草は何に効くのだ」

竜晴が尋ねると、

「主に、弱った体を強める効能だな。銀竜草擬や南蛮煙管も強壮に効くと言われている」

と、泰山はすらすら答えた。最後は薬草の話で盛り上がり、小ぎんのことでこじれていた花枝と大輔の気持ちも、少しは和らいだようだ。

しかし、玉水は途中から口数も少なくなり、何やら考え込み始めた。その様子は花枝と大輔が帰った後も、あまり変わることはなかった。

二

やがて、三月下旬を迎えた晩春の頃、日も落ちた江戸の町では――。

「お兄さん」

一人歩きの男が後ろから呼びかけられた。振り返ると、女が立っている。手ぬぐいをかぶっているのだが、その隙間からほの見える顔は妙に婀娜《あだ》っぽかった。

「ちょいとそこまで一緒に行ってくれないかい？　あたし一人じゃ怖くって」

夜鷹《よたか》というわけでもないようだが、誘っていることに変わりはない。

「そうかい。別にかまわねえけど、手間賃はもらえるんだろうね」

男は女に近付くと、なれなれしい様子でその肩を抱き寄せた。女は逆らわず、うなじを見せて、男の胸に顔を寄せてくる。男はごくりと唾を呑み、白いうなじにふるい付こうとした。

その瞬間——。

うつむいていた女が不意に顔を上げた。

「どうした」

男は少し虚を衝かれつつ、女の顔をのぞき込む。それを目にするや否や——。

「ひやああっ！」

男の口から度肝を抜かれた悲鳴が上がった。

目の前の顔は、先ほどちらと見えた色白の若い女のものではない。

「き、きつねっ！　化け狐だあ」

男は悲鳴を上げつつ、女と思っていた体を跳ね飛ばし、来た道を走って戻ろうとする。しかし、腰が抜けて足がまともに動かない。

男は四つん這いになり、「た、助けてくれ」と声を上げるが、その時にはもう、首筋に生臭い熱い息が迫っていた。

「うわあー」

振り返る間もなく、意識はそこで閉ざされた——。

しばらくすると、男の姿は影も形もなくなり、男を襲った怪異の影も見られない。その場にいるのは、十一、二歳の少女であった。少女は先ほど男が消えた場所に、ただじっと立っている。

やがて、その頬に涙が伝った。涙はぽたぽたと地面に落ちるが、少女はそれを拭おうともしない。

しばらくすると、少女もまた、その場を立ち去った。先ほど少女の涙が落ちた場所には、白く凍ったような花が咲いた。銀竜草の花であった。


小ぎんはその後、小烏神社に現れることもなく、大和屋へ姿を見せることもないまま、三月も終わろうとしている。一方、竜晴たちが気にかけている妖狐も、玉水に憑いた後は動きを見せていなかった。

「竜晴よ。今、町で妙な事件が起きているようだ」

泰山が竜晴に告げたのは、三月も残すところ、あと三日という日のことであった。

「男たちが突然、行方知れずになるらしい」

夜の町を出歩いていた男が朝になっても帰らず、そのまま消息を絶つ。

独り暮らしの男だったり、しばらく遊び歩いているのだろうと思われていたりで、見過ごされてきたのだが、近頃になって話題となり、次々に発覚したという。

「もちろん、すべてが事件とは限らないし、まだ災難と決めつけることもできないんだが、男たちが消息を絶った場所には、共通していることがある」

「共通していること？」

「ああ。同じ草が生えているんだ」

「何だと。それはまさか」

竜晴の脳裡に、真っ白な花の姿が浮かび上がった。「お前の想像で合っているはずだ」と泰山が先に言う。

「銀竜草が生えていたのだな」

「その通りだ」

泰山は厳しい表情でうなずいた。

「銀竜草は森や林など、樹木が密集しているところに生えると、お前は言っていたな。消息を絶った男たちというのは、森林で消えたのか」

「まさか」

と、泰山は首を横に振った。

「男たちが消えたのはふつうの町中だ。周辺は町家ということが多く、川岸や空き地ということもあるが、いずれにしても銀竜草が生えるような場所ではない」

「銀竜草の種に当たるものが、風に乗って運ばれ、零《こぼ》れ落ちて生えてくることはないのか」

「ふつうはない。まれに風で運ばれたとしても、道端などに生えてくるものじゃない」

「ふうむ」

と、呟いただけで竜晴が口をつぐんでしまうと、やがて泰山は待ちきれなくなった様子で口を開いた。

「銀竜草は、例の小ぎんという少女にゆかりの草だな」

竜晴は無言でうなずき返す。

「その少女がこの件に関わっているのだろうか」

泰山は竜晴の目を見て尋ねてきた。

「今の話だけでは、まだ分からぬな」

竜晴は慎重に答えた。

「もしそうなら、玉水がたいそう傷つくだろう」

泰山は心配そうに呟いた。

玉水は小ぎんのことをずっと心配し続けている。近頃、元気がないのはそのせいだと竜晴も分かっていた。

小ぎんが花枝に執着し、「お姉さま」と呼びかけたのは、亡くなったおぎんの代わりを求めてのことだろう。相手の気持ちを考えず、姉になってくれとは身勝手な話だが、そうせざるを得ないほど、小ぎんは追い詰められていたということだ。

（おぎんの死を伝えた私が、追い詰めたということか）

小ぎんが意識を失った時も、それから花枝のもとに出向いて無茶を働いた後も、竜晴が悪いと言う者は一人もいなかった。

竜晴自身、おぎんの死を伝えたことを間違いだとは思わない。小ぎんはいつか姉の死を理解し、受け容れなければならないのだから。

（だが、もしも伝える相手が、私でなく泰山や花枝殿であったならば――）

事態はこんなふうにこじれなかったのではないか。

これまで浮かんだこともない考え方であった。だが、だからこそよくよく突き詰めてみなければならない。

（泰山や花枝殿ならば、おそらく私よりも時をかけ、丁寧な言葉で慎重に伝えただろう。それに小ぎん殿の顔色をうかがい、伝えても大事ないかどうか、考えたに違いない）

自分にそれができるかと言えば、難しいという答えに行き着く。

（ならば、私はあの時、花枝殿から真相を伝えてもらうよう頼むべきだったのだ）

おそらく、そのことは泰山も花枝も大輔も分かっているのだろう。それでも、あえて口にしなかったのは、竜晴のしたことは間違っていないからだ。その結果、多少のいざこざが起きたとしても、正しさの前では口をつぐまざるを得ない。

（だが、もしも小ぎん殿がこの件に関わっていたとすれば――）

それは、多少などという言葉では片づけられぬ、由々しき問題である。そのきっかけとなったのが、おぎんの死を伝えた竜晴の言葉であったならば――。

「竜晴?」

気づくと、泰山が訝しげな眼差しを向けてきていた。

「どうかしたか」

「いや、少し考え事をしていただけだ」

泰山は「そうか」と応じただけで、それ以上のことを訊いてはこなかった。

「この件、銀竜草が生えていること以外に、分かっていることはないのか」

竜晴の問いかけに、泰山は首を横に振った。

「また何か分かったらすぐに知らせる。お前も付喪神たちも玉水のそばから離れられないのだから、噂を拾うことは私に任せてくれ」

泰山は頼もしい様子で請け合った。

「消息を絶った場所に生えるという銀竜草を手に入れることはできるか」

「そうだな。私も話に聞くだけで、実際にその銀竜草を見たわけじゃない。その後もずっと生え続けているのか、すぐに枯れてしまうのか。まあ、薬になるので、すぐに抜かれてしまうかもしれないが」

そう述べた後、「あ、いや。怪異によって生えた草なら、人に害を及ぼすこともあるのか」と、泰山は急に険しい顔つきになって続けた。生憎《あいにく》、怪異が草を生やしたという例は竜晴も知らない。

「妖気を含む草ならば、体に取り込まない方が無難だろうな」

竜晴が言うと、泰山はますます険しい眼差しになる。

「であれば、他の誰かが摘むより先に、私が摘み取ってしまわなければいけない」

「あまり自分を追い込んで、無茶はするな。妖が男たちをさらっているなら、お前だって狙われる恐れはあるのだからな」

「確かにな。十分気をつけよう」

泰山はしっかりとうなずいた。

「安全に手に入りそうなら、頼みたい。少し調べてみたいことがある」

竜晴の頼みに対し、泰山は迷うことなく「了解した」と答えた。

三

その翌日、泰山は往診の合間の移動を兼ねて、男たちが消息を絶つ事件について尋ね回った。上野山の麓《ふもと》でいなくなった男の話を聞いたので、まずは足を運んでみる。

近辺で銀竜草を見かけなかったか、訊いてみると、その名を初めて聞く人も少なくなかったが、白い草が生えていたという話はちらほら耳に入ってきた。

「あれ、人食い草なんだろ。いなくなった男どもは草に食われちまったんだよな」

「俺は、あの草の下に屍《しかばね》が埋まってると聞いたぞ」

などと、妙な怪談も出回っていたが、それならば誰も銀竜草に手を出さないだろうと、泰山はひそかに安心した。しかし、上野山の麓で銀竜草は発見できなかった。

それから、浅草の待乳山《まっちやま》の麓で行方知れずになったという、別の男の話を聞いた。往診を終えた時、まだ陽も高かったので、思い切って浅草まで足を運んだ。近くでは銀竜草が生えていたという話は聞こえてきたが、銀竜草そのものは丁寧に探してみても見つからなかった。

怖いから手を出さないこともあるだろうが、だからこそ、人目につかぬようすぐに処分されることもあるのだと、泰山は思い当たった。となれば、事件が起きたすぐ後、せめてその翌日のうちに現場に駆け付けでもしない限り、銀竜草を手に入れるのは難しいだろう。

竜晴も無茶はするなと言っていたし、もう日も暮れかけている。玉水から目を離せない竜晴たちは大変な思いをしているのだから、自分もなるべく早く帰った方がいい。そう考えた泰山がまっすぐ帰ろうと、浅草寺近くまで来た時であった。

「昨日は、神田であったそうじゃないか」

参詣から帰るところらしい男たちの会話が耳に入ってきた。

「古着屋の旦那が消えちまったって」

「本人は影も形もなくなってるのに、商い用の古着が道に散らばってたんだとよ」

「ああ、いやだね。せっかくお祓いもしてもらったんだし、早く帰ろう」

急ぎ足で行きかける男の二人連れを、泰山は慌てて追いかけ「すみません」と声をかけた。

「その神田の事件の場所を教えてもらえますか」

男たちは迷惑そうな表情を浮かべたものの、

「柳原《やなぎはら》の土手辺りと聞いたよ」

と、答えてくれた。念のため銀竜草のことも尋ねてみたが、それは知らないと言われた。泰山は丁寧に礼を述べると、予定を変更し、その足で神田を目指すことにした。着いた頃には日が暮れているだろうが、聞いてしまった以上あきらめられない。

（神田の事件は昨日のことだし、もしかしたら、まだ銀竜草も残っているのではないか）

その望みに突き動かされ、泰山は神田へ向かった。

柳原とは、神田川の南側に作られた土手のことで、工事の後、柳が植えられたことから「柳原土手」と呼ばれるようになったという。それに沿った通りは武家の屋敷地が多い。

柳は瑞々しい葉をつける頃であったから、昼間であればなかなかの景観であろう。だが、泰山が到着した頃はすでに日も落ちており、人影もなかった。

用意していた提灯《ちょうちん》に火は入れていたが、武家屋敷の明かりは壁に遮られて漏れてこないから真っ暗である。

柳が風に揺れている姿も、提灯の明かりだけで見ると、何とも不気味であった。

それに、ここまで来てようやく気づいたことだが、柳原土手は駿河台《するがだい》の端から浅草見附門《みつけもん》の辺りまで続いており、男が消息を絶った場所の見当がつかない。近くで誰かに訊けば分かるだろうと甘く見積もっていたが、日も暮れた今は、訊ける人の姿がないのである。

幸い、真っ白な銀竜草は少しの明かりでも不気味に光って見えるため、探せないこともない。とはいえ、当てもなく長い土手を歩き回って、目当てのものが見つかるだろうか。そもそも、絶対に今も生えているという裏付けもないというのに。

「これは、無駄足だったか」

このご時世、下手《へた》に歩き回るより、おとなしくあきらめて帰った方がよいだろう。それでも、せっかく来たのだからと、泰山はとりあえず土手に足を踏み入れ、足もとの付近を提灯で照らしてみた。

細く長い葉が弧を描いているのが目に入ってきた。

「これは、野蒜《のびる》か」

屈んでにおいを確かめると、独特のつんとしたにおいがした。野蒜に間違いない。この葉や根は料理としても使えるし、地下の茎は生薬になる。生薬としてはもう少し経たないと収穫できないが、料理としてなら今でも大丈夫だ。

「せっかくだし、いつも料理してくれる玉水と抜丸殿のために――」

泰山は野蒜を引き抜こうと、提灯を地面に置いた。その時、

「あっ」

小さな声が耳に飛び込んできた。何かに驚いたような、戸惑っているようにも聞こえる女の声だ。

泰山は提灯を手に取り、立ち上がった。上に掲げた提灯で周囲を照らしながら、声の聞こえた場所を探る。

「どうなさいましたか。私は通りかかった医者です。助けが入用ならば、お声を聞かせてください」

相手を怖がらせまいと、声を張って呼びかけた。すると、

「もうし」

か細い女の声が聞こえてきて、それを頼りに泰山は女の居場所へ移動することができた。女は土手にうずくまっている。

「どうなさいましたか。お加減でも？」

泰山は急いで女のそばへ駆け寄り、声をかけた。

「実は、足をくじいてしまいまして。少し痛みが治まるのを待ち、立ち上がろうと

したのですが、やはり痛くて立ち上がれず」

　女は眉を寄せて言う。二十歳には少し届かぬくらいの若くて美しい娘であった。

　いや、今は女の器量などどうでもいい。まずは、痛めたという足首の具合を確かめなければならない。

「私は医者ですので、もしよろしければ、足の具合を確かめさせてもらえませんか」

　泰山の申し出に、女は躊躇いながらも小さくうなずいた。泰山は女に痛み具合を問いかけつつ、草履と足袋《たび》をゆっくり脱がせ、足首の様子を診た。少し腫れているものの、そこまでひどい状態ではなさそうだ。

「ここでは十分な治療もできませんので、まずは移動しましょう。足首は布で縛っておきましたから、そのままなるべく動かさぬよう、草履も履かない方がよい」

「でも、それではここから動けませんわ」

「私があなたを負ぶってまいりましょう」

　泰山は言い、女の前に屈んで背を向けた。

「薬箱は私が手で持ちますから、あなたは提灯を持ってくださいますか」

「本当に申し訳ございません。ご親切なお医者さま」

女は相変わらずのか細い声で礼を言う。女の手が泰山の肩にそっと触れた。

その瞬間、泰山の背に何かぞくっとしたものが走った。恐怖、冷気、何かよくないことに巻き込まれかけているという嫌な予感——。だが、その時にはもう、泰山は動けなくなっていた。

やがて、女の上半身が背中に触れ、首筋に女の息がかかる。生臭い息を嗅いだ時、泰山は叫び出したくなった。だが、体が動かぬばかりでなく、声も出せないのだ。

（ああ……私は愚かなことをした……）

悔やんでも悔やみきれぬ思いに胸をつかまれた時、突然の衝撃に目がくらんだ。天地がひっくり返ったのかと思ったが、ひっくり返ったのは泰山自身であった。気がついた時には土手の上を転がされ、あわや神田川へ落ちかねないところだったが、かろうじて身投げだけはまぬがれることができた。

先ほどの女はもう泰山の背に取りついてはいない。

辺りを見回すと、土手の上の方の明かりがすぐ目についた。あれは、泰山自身が持ち運んだ提灯の明かりであろう。泰山は何とか立ち上がると、まずは自分が動けることを確かめた。体のあちこちに小さな痛みはあったが、歩くことに障りはなさそうである。

取りあえず、例の女に用心しつつ、明かりのある方へ戻ることにした。やはり、あの女はただの女ではあるまい。何をされかけたのかは分からなかったが、女がまとっていたのは明らかに妖気と呼ぶべきものだ。

そう思いつつ、少しずつ明かりを目指して土手をのぼっていくと、やがて複数のうなり声が聞こえてきた。さらに近付くと、殺気立ったような気配まで伝わってくる。

泰山は思わず足を止めた。すると、今度は聞いたことのある獣の鳴き声が——。

いや、そう思ったのは一瞬で、泰山が聞いたのは明瞭な人語であった。

「おのれ、化け狐め。俺さまの知り合いに何をしようとした」

「泰山先生に悪さをする奴は、いちが許しません」

声を聞くなり、泰山にはすぐに分かった。

「獅子王殿とおいちか！」

獅子王とはこの世ばかりでなく、時を超えた世でも会った。あの時はほんの子犬の姿をしていたが、こちらでは立派すぎるほどの大きな犬だ。

そして、おいちとは何度も会い、泰山自身、猫としてかわいがってきた。

二柱とも、古い名刀の付喪神で、小烏神社の面々はもちろん、泰山自身とも深い縁がある。

「行くぞ、おいち。こやつを懲らしめてやる」

「はい、獅子王さん。お任せください」

両名は互いに連携して、彼らが化け狐と呼ぶ敵に立ち向かおうとしていた。それでは、あの女は狐が化けたものだったのか。だが、泰山も例の八尾の妖狐のことは竜晴から聞いている。もしや、ただの狐ではなく、八尾の狐なのではあるまいか。

その証であるかのように、獅子王とおいちに牙を剝く化け物が、グォーと禍々《まがまが》しい声で鳴いた。しかし、犬と猫とはまったく怯まず、息を合わせて化け狐に跳びかかる。

「わわっ」

泰山は思わず声を立ててしまったが、凄惨な戦いは起こらなかった。化け狐が逃げ出したからである。

獅子王がそれを少しばかり追いかけていったが、逃げ足が速かったのか、とらえることまでは考えていなかったのか、やがて踵《きびす》を返してきた。そこで、泰山も付喪

神たちの方へと歩を進め、

「獅子王殿、それに、おいちなんだな」

と、両名を前にしたところで膝をついた。

「本当にありがとう」

両名の顔をしっかりと見ながら、改めて礼を言う。

「どういたしまして」

おいちが澄ました様子で言葉を返してきた。こんなふうにしゃべる付喪神だったのかと、泰山は少し意外な気がした。もう少し子供っぽい感じかと想像していたのだが……。

「いや、本当に助かったよ。あの女は狐が化けたものだったのだな。すっかり騙された」

よく考えれば、こんな真っ暗な土手に提灯も持たず女が一人、ということからしておかしいのに、警戒すらしなかった我が身が恥ずかしい。

「泰山先生はお人がいいですからね。悪い輩《やから》はそこに付け込むんですよ」

おいちが分かったふうに言う。

「そう言われると、返す言葉もないが……」

「えっ」

その時初めて、おいちが目を剝いた。

「泰山先生、いちの言ってることが分かるんですか」

「何だと」

と、それまで黙っていた獅子王がその顔を泰山にぬうっと近付けて、鼻息を吹きかけてくる。

おいちも顔を近付けてきて、その光る目でまじまじと泰山を見つめた。どうやら、ここまでの会話は泰山が勝手にしゃべっているものと誤解されていたらしい。

「あ、そうなんだ。竜晴にそういう術をかけてもらって、だな。付喪神殿たちの言うことは理解できるようになった。小烏丸や抜丸殿の言うことも分かっているし、今では玉水の正体も知っている」

泰山が慌てて言うと、

「そんなことになっていたなんて、びっくりです」

と、おいちは目を丸くしている。

「ほう。宮司殿がさような術を施したということは、おぬし、たいそう宮司殿に信頼されているのだな」

「そんなこと、改めて言うまでもありませんよ、獅子王さん。泰山先生は宮司さまの……ええと、いちばんのご友人なんです。たぶん」

おいちが言葉を探すふうにしながら言う。

「たぶんって、何だよ。そりゃあ、まあ、いちばんの友人などと言われたことはないがな」

思わず、泰山はおいちに言い返した。

「それじゃあ、泰山先生は宮司さまのいちばんのご友人じゃないんですね。何番めなのか、今度お訊きしましょう」

大真面目に言うおいちに、「そんなことはしなくていい」と泰山は情けない気分で告げた。そんなやり取りをするうち、泰山も落ち着いてきたので、ようやく最も疑問に感じていたことを付喪神たちに問う。

「ところで、獅子王殿とおいちはどうしてここに。まさか、遠くから私を助けに駆けつけてくれたわけでもないと思うが……」

「獅子王さんといちはこの土手の見回りをしてたんです。昨日、男の人が狐に襲われましたからね。近頃は獅子王さんと一緒に、夜の見回りをしているんですよ」

と、おいちは誇らしげに答えた。

獅子王とおいちは、男たちが消息を絶つ事件について、泰山よりもくわしかった。聞けば、男たちを襲っているのは人間の女に化けた狐で、相当な妖力を持つという。それが竜晴たちの言う八尾の狐かどうかは不明だったが、おそらくそうだろうと泰山は考えた。

「襲われた男はどうなるのだろう」

「見たわけではないが、狐に食われてしまったのだろう」

獅子王の返事に、泰山は「何だって」と裏返った声を上げてしまう。獅子王とおいちが助けてくれなければ、泰山自身がそうなっていたかもしれないのだ。

「連れ去られたなら精気の痕跡が残るものだが、それがまるでないからな」

四百年近くも生きている獅子王は、人間の精気を探る力を持つらしい。

「人間はか弱い生き物ゆえ、化け狐に襲われたら為《な》す術《すべ》があるまい。ゆえに、俺さまたちが夜の町を見回って、救えるだけは救ってやろうと考えたわけだ」

「何と、お二方は立派な付喪神なのだなあ」

泰山はすっかり感心して呟いた。

「宮司殿と先生たちが旅に出たことは玉水から聞いていた。無事に帰ったこともアサマから聞いていたのだが、挨拶に出向こうとした矢先、事件のことを耳にしてな。なかなか出向けず申し訳ない」

「でも、この事件のことは宮司さまも気にかけていらっしゃるでしょうから、近いうちにお伺いしようと思っていたんです」

獅子王とおいちは口々に言った。

「そうか。今聞いたことは私から竜晴に伝えておくが、お二方の話を直《じか》に聞きたがると思う。近いうちに本当に神社に出向いてくれるとありがたい」

そして、泰山は自分が神社に寝泊まりしていること、玉水が妖狐に憑かれたこと、銀竜草の思い出を語る少女が現れたことなど、とにかく頭に浮かぶままにしゃべった。

「私は竜晴に頼まれて、男たちが消息を絶った場所に生えるという銀竜草を探していたのだ」

それで柳原土手まで来たものの、銀竜草を見つけるどころか当の化け物に襲われかけたのだと、泰山は情けない気持ちで語り終える。

「その銀竜草なら、いちが今朝のうちに引っこ抜いておきましたよ」

と、突然、おいちが言い出した。おいちは昨晩の事件に今朝方気づき、現場で銀竜草を見つけたという。人間に見つかる前に、と引っこ抜いたそうだが……。

「それはどこにある?」

「とりあえず、お屋敷の縁の下に隠してありますけど」

おいちの言うお屋敷とは、尾張徳川家の江戸屋敷のことである。

「そんなところに置いて大丈夫なのか」

「怪しげな力は感じませんでしたけど。宮司さまがお求めになっているのなら、お持ちしますよ」

と、おいちは言い出し、「ならば、俺さまも行こう」と獅子王も続いた。その後、話し合った末、二柱の付喪神たちは今晩の見回りを終えた明日の朝、小鳥神社へ赴くことで話が決まった。

「ならば、私も明日の朝は出かけずに、お二方を待っている」

泰山も約束し、それから薬箱と提灯を拾って、帰り支度をした。

「人のいるところまで送っていこう」

と言ってくれた獅子王の言葉に甘え、しばらくは付喪神たちと行を共にする。柳原土手の不気味な静けさは相変わらずであったが、恐怖はまるで感じなかった。

町家の並ぶ通りへ出たところで、付喪神たちとはお別れである。

「では、明日」

「人気《ひとけ》のないところは避けて歩いてくださいね」

獅子王とおいちの言葉を受け、「お二方も気をつけて」と泰山は返した。当たり前のように付喪神たちと言葉を交わしているが、半年前ならば考えられなかったことである。

にゃあとしか聞こえなかったおいちの声や、ワンワンと吠え立ててくる獅子王に困惑した時の思い出が、懐かしくよみがえってきた。一抹の寂しさがないわけではないが、おいちや獅子王と意を交わせるのは大きな喜びだと、改めて思う。

「これも、竜晴のお蔭だな」

泰山は一人呟き、小烏神社へ向けて歩き出した。

五章　呪いの人形

一

日も暮れてから帰ってきた泰山が、柳原土手での災難を語り、おいちと獅子王が翌朝訪ねてくると告げた時には、その場が騒然となった。

玉水が大喜びしたのはいつも通りであったが、小烏丸と抜丸も嬉しそうだ。そして、夜明けと共に目覚めると、二柱の付喪神たちは玉水以上にそわそわし始めた。

朝六つ半（午前七時頃）にもなると庭に出て、薬草畑の周りを歩いたり、畑の中を這い回ったりしている。

おいちと獅子王が庭先へ姿を見せたのは、五つ半にもなった頃であった。竜晴も気配を察し、泰山、玉水と共に縁側まで出迎える。

「宮司殿に小烏丸殿、抜丸殿。ご無事の帰還をまずはお喜び申し上げる」

獅子王が先に仰々しく挨拶し、

「皆さんにお会いしたかったです」

と、おいちは短い言葉で喜びを伝えた。

「両名ともよく来てくれた。一別以来の話もあるが、まずは泰山を助けてくれたことに感謝する。それに、江戸の町の見回りをしているとか。さすがは名刀の付喪神たちだ」

竜晴の賛辞に、「大したことではない」と獅子王は言葉を返した。

「昨日は、化け狐めを見つけ出したというのに、追いかけるのもままならなかった。とはいえ、奴は強い。相対して分かった。奴を倒すには相応の支度が入用だ」

「そのことについては、くわしい話をぜひ聞きたい。また、おいちは事件に関わる銀竜草を持ってきてくれると聞いているが……」

竜晴が目を向けると、おいちは「ここにあります」と首の辺りを前足で示した。飼い主が結び付けたものか、赤い紐を首輪のようにつけている。その上から小さな巾着袋をぶら下げており、中に銀竜草が入っているらしい。

「玉水よ、おいちから例の草を受け取ってくれ」

竜晴は玉水に言い、玉水は「はい」と元気よく返事をして、おいちのもとへ駆け寄った。

「おいちちゃん、来てくれて嬉しいよ」

「いちも嬉しいです。昨日、泰山先生から、玉水さんが化け狐に憑かれたと聞いて心配してました」

「うん。私は覚えてないんだけれどね」

そんな会話を交わしながら、玉水は巾着袋から銀竜草を取り出すと、竜晴に差し出した。蘭のような形をした花も茎もすべてが白い。摘んでから時が経ったせいか、瑞々しさはなく、くたっとしている。

竜晴はそれを受け取ってから、付喪神たちを居間へと招き入れた。

人間二人、付喪神四柱、気狐一匹が車座になって座る。その席で、まずは竜晴が四百年前の世へ逃げた鵺退治の顛末《てんまつ》を語った。獅子王の存在意義の第一は鵺を退治することであったから、この話は欠かせない。さらに、そこで子供の頃の獅子王と対面した上、共に戦ったことも伝えた。

「おお、あちらの世でも会っていたとは。やはり宮司殿と我輩《わがはい》の縁の深さは並々のものでないのだな」

獅子王はどことなく嬉しそうに言った。

「ところで、私たちがあちらへ出向いたのは本来のあるべき姿ではないと思うが、今の獅子王殿に四百年前、私たちに会った覚えはないのだな」

竜晴の問いに、獅子王は記憶を探るようにしばらく無言であったが、やがて大きな息を吐くと、首を横に振った。

「我輩には遠い昔、宮司殿たちに出会った覚えも神泉苑《しんせんえん》で鵺を退治した覚えもない」

「それならばいいのだ。私たちが出向いたことで変わったあの世界は、ことは別の世界を作っていくのだろう」

竜晴はいったん鵺の話を打ち切り、今の世に現れた妖狐の話に移った。玉水が憑かれたこと、将軍の夢に現れたのが八尾の狐であったこと、さらには小ぎんの依頼のことも、泰山から伝えていた話を補う形で、獅子王とおいちに語り聞かせる。

二柱がおおよそ理解したところで、今度は獅子王とおいちの話を聞いた。実際に化け狐と対峙した獅子王たちは、化けの皮が剝がれた狐に複数の尾があったことを証言した。

「数までは分からなかったが、決して少ない数ではなかったぞ」

と、獅子王は言う。それならば、今、男たちを襲っているのは、玉水に憑いた妖狐でほぼ間違いない。

その後、竜晴は改めて、おいちから渡された銀竜草を皆の前にさらした。

「まずは、この銀竜草について分かっていることがあれば、教えてほしいのだが」

竜晴がおいちと獅子王を交互に見つめながら言うと、おいちは残念そうに首を横に振った。

「いちにはよく分かりません」

一方の獅子王は、銀竜草からは化け狐の妖力を感じることがないと言い、

「化け狐が生やしたものではないと思う」

と、慎重な口ぶりで答えた。

「おそらく、食われた人間の残したものでもない、と思うが……」

それ以上のことが分からず悔しいというふうに、獅子王は控えめながらうなり声を上げた。

「ふむ」

竜晴は目の前の床に置かれた銀竜草に、右手の人差し指と中指の先だけを触れさせた。それから印を結び、静かに目を閉じる。誰もが竜晴の邪魔をせぬようにと、じっと息を潜めていた。

ややあってから、竜晴は印を解いて目を開けると、真剣な表情をした一同を見回した。

「獅子王殿の言う通り、これは八尾の狐の力によるものでも、食われた人の無念の思いが形となったものでもない。だが、私はこの銀竜草から覚えのある者の気配を感じ取った」

「何と、宮司殿の知り合いが関わっているのか」

獅子王が驚きの声を上げる。

「それって、まさか、宮司さま」

少し遅れて、玉水が声を震わせた。小烏丸と抜丸ばかりでなく、泰山もあまり驚いていない。小ぎんと姉の思い出話を聞いていれば、銀竜草から小ぎんを思い浮かべるのは容易である。

だが、小ぎんが男たちをさらっていると考えるには、無理があった。小ぎんが求めているのはあくまでも姉であり、姉の死を知ってからは、その代わりを求めていたはずだ。つまり、姉の代わりになれる若い女ならともかく、男を襲う理由がない。ただし、男たちを襲っているのが八尾の妖狐ならば、話は違ってくる。小ぎんが妖狐の悪行に手を貸しているのだとすれば――。

(おぎんをよみがえらせてやるとでも言われたか)

小ぎんの執心ぶりからすれば、その条件に心を動かされた見込みは高い。考えをそこまで進めたところで、

「玉水よ」

と、竜晴は玉水に目を据えた。

「……はい」

玉水の顔は早くも蒼《あお》ざめている。

「お前は小ぎん殿をどう見ている」

竜晴は静かな声で尋ねた。

「どう、とは……?」

「小ぎん殿は……人だと思うか」

竜晴は立て続けに問うた。

「小ぎんちゃんは人間ですよ」

玉水は大きな声で言い返した。それまでの何かに怯えているような表情は消え、自分の考えにしがみつく者特有の頑固な目の色をしている。

「これ、玉水。竜晴に向かって、その口の利き方はあるまい」

小烏丸がいつもよりやんわりと注意したが、

「小ぎんちゃんはかわいそうな子です」

と、小烏丸の言葉を遮って、玉水は訴えた。

「お姉さんがいなくなったのは自分のせいだと思い込んで、ずっと自分を責め続けていたんです。小ぎんちゃんは優しい子で、邪悪な気配なんてまったくしませんでした。私はまだ子供で、何の力もなくて、皆さんみたいに強くないけれど……。でも、相手が邪悪かどうかくらいは分かりますよっ」

「玉水よ。私とて、小ぎん殿を邪悪だとは思っていない」

竜晴は変わらず、静かな声で告げた。

「だが、小ぎん殿と銀竜草には深い縁がある。そして、事件が起きた場所に生えていたこの銀竜草からは、小ぎん殿の気配が感じられるのだ」

「そんな……。小ぎんちゃんが男の人をさらって食べたというんですか」

「違う。獅子王殿の言う通り、男たちを襲っているのは八尾の妖狐だ。だが、小ぎん殿はその現場にいた。もしくは、襲われた後に出向いた。銀竜草は町中に突然生えてくるものではないそうだ。ならば、人ならざる霊力や妖力を持つものが、この銀竜草を生やしたと考えるしかないだろう」

いつしかうつむいている玉水に代わって、泰山が口を開く。

「確かに、その理屈でいけば、銀竜草を不思議な力で生やしたのが小ぎん殿で、小ぎん殿は人間でないということになるだろう。だが、それだけでは鵜呑《うの》みにできぬ玉水の気持ちも分かる。他にも、小ぎん殿は人間でないと考える根拠が、竜晴にはあるのか」

「ふむ。一つには、あの見た目と話の齟齬《そご》だな。小ぎん殿は人間ならば十一、二歳にしか見えぬ。姉と過ごした記憶が鮮明なことから考えて、五歳を遡ることはあるまい。とすれば、姉と別れたのはせいぜい六、七年前のこと。ところが、小ぎん殿は『遠い昔』と言うだけで、明確に答えられなかった。銀竜草の記憶があれほどはっきりしているのに、肝心の姉と別れたのが何年前か答えられないのはおかしかろう」

「竜晴は、小ぎん殿がわざとごまかしたと思うのか」

「いや、そうは見えなかった。助けを求めてここへ来たのに、肝心の話をごまかしはするまい。小ぎん殿は、嘘は吐いていない。つまり、姉と別れたのは本当に昔のことすぎて、数えられなくなってしまったのだ。何十年も前のことであれば、分からなくなるのも無理はない」

竜晴の言葉を、玉水はうなだれながら聞いている。泰山は、竜晴に問いを重ねることで筋の通った話を玉水に聞かせ、道理によって真実を認めさせようとしているのだ。

「人間が何十年も少女のままということはないから、遠い昔に姉と別れた話が本当なら、小ぎん殿は人間ではない、という竜晴の言葉にはうなずける。それでは、小ぎん殿は幽霊ということになるのか」

「いや、幽霊であれば、ここで花枝殿や玉水が介抱した時に分かるはずだ。幽霊が生身の人に憑くこともあるが、その場合は小ぎん殿がここで意識を失った時、本来の体の持ち主に意識が戻らなければおかしい。そうはならなかったので、生身の人に憑いた霊でもないだろう」

「なるほど。では、竜晴よ。お前は小ぎん殿の正体をどう見ているのだ。人間でも幽霊でもないというのなら、いったい何ものだ、と……」

「うむ。それについては、私の推測もあるが、まだ確かなことは分からない」

竜晴は小ぎんの正体について、明確に答えるのを避け、口を閉ざした。

「分かった。ならば、それは確かなことが分かってから教えてくれ」

と、泰山は言った後、玉水へ目を向けた。

「玉水よ。私は竜晴の言葉に疑う余地はないと思う。それに、最後の言葉で分かっただろうが、竜晴は憶測でものを語ったりしない男だ。だから、小ぎん殿が人間でないことはほぼ間違いない。その上で、逆に私から玉水に問いたい。小ぎん殿が人間でないなら、お前は仲良くできないのか」

「そんなことはありません」

玉水はぱっと顔を上げて、叫ぶように言った。

「そうだよな。お前だって人間じゃない。お前はその気さえあれば、小ぎん殿と仲良くなれるだろうし、人間のふりをしている小ぎん殿の苦労や悲しみを分かってやれるかもしれない」

「私が、小ぎんちゃんの苦労や悲しみを……？」

「そうだ。それは人間の私や竜晴には分かってやれぬことかもしれない。ならば、お前は、小ぎん殿は人間だと言い張ったり、かわいそうな子だと哀れんだりするだけでなく、小ぎん殿の真実から目をそらさないでいてやりなさい」

泰山の温もりのある言葉が、玉水ばかりでなく、その場にいる皆の心に沁みていく。

「分かりました。ありがとうございます、泰山先生」

玉水は少し潤んだ目を泰山に向け、最後は穏やかな声になって告げた。

二

それから半刻《はんとき》（約一時間）ばかり後、おいちと獅子王は帰っていった。夜の見回りは続けるそうだし、何か新しいことが分かれば、すぐに知らせてくれるとも言う。

玉水も落ち着きを取り戻し、小烏丸と抜丸は交代でその見守り作業を再開した。

泰山は往診に出かけるべく、薬箱の中身を確かめていたが、竜晴は「出かけるのを少し遅らせることはできるか」と訊いてみた。約束をしている患者との往診の時刻まではまだ間があるという。

「ならば、もう少しいてくれ。間もなく来客がある」

竜晴が告げると、「分かった」と泰山は迷いも見せずに答えた。それから待つほどもなく、庭に出ていた小烏丸が鳴いた。

「竜晴よ、大変だ。小ぎんの従者がやって来た」

小烏丸の声を聞き、竜晴と泰山、玉水、それに人型になっていた抜丸は縁側へと出る。

「玄関ではなく、こちらに案内していいか」

泰山が履物を履き、竜晴に訊いた。確かにその方が早い。竜晴がうなずくと、泰山はすぐに駆け出し、やがて一助と名乗っていた男を案内して戻ってきた。

小烏丸が言っていたように、一助だけで小ぎんはいない。

「今日は、小ぎん殿はご一緒ではないのですか」

これまであまり口数の多くなかった一助に、竜晴の方から尋ねた。

「お嬢さまはいなくなってしまわれたのです」

と、一助は縁側に立つ竜晴の顔を見上げながら訴えた。

「お嬢さまは宮司殿に人捜しの依頼をした。だから、私も依頼をしたい。どうか、お嬢さまを捜してください。どうか――」

一助は必死に言い募る。

「分かりました。小ぎん殿がいなくなったのは、いつのことですか」

「……前にこちらへ伺ってから、三日後のことでした。急にいなくなってしまって、その後は一度も」

小ぎんが花枝のもとへ出向いたことを知っているかと尋ねると、一助は知らないと答えた。それまでは、小ぎんの出向くところには必ず供をしていたと言うから、小ぎんがいなくなったのは大和屋へ出向いた日と考えられる。花枝から聞いた話とも一致していた。

「花枝殿を姉の代わりにしようとして失敗し、そのまま姿を消したのか」

竜晴の呟きに、泰山も「その見込みが高いな」と応じた。そうだとしたら、姉の死、花枝の拒絶に心が傷つき、場合によっては破れかぶれになった状態で、姿を消したことになる。

もしや、その心の傷がきっかけで、八尾の狐と関わりを持ったのだろうか。だとすれば、小ぎんの心に傷をつけた責めの一端は自分にあると、竜晴は思った。

「それでは、一助殿。小ぎん殿が大切にしていた持ち物をお借りしたい。一度帰ってからここへ来るのも手間だろうから、今から私をお住まいへ案内していただけるか」

竜晴が一助に言うと、一助は少しばかり思案する様子を見せていたが、「分かりました」と答えた。

「では、参りましょう」

竜晴と泰山、玉水が一緒に赴くことになった。人型の抜丸はその姿で後ろから、また小烏丸には空から同行するよう、竜晴が思念で伝える。泰山は何かあった時のためにと薬箱を背負った。

小ぎんと一助が住んでいるのは、今戸《いまど》にある寺だという。

「お二方は江戸の生まれではありませんよね」

「はい。江戸では、ゆかりのお寺の庫裏《くり》に置いていただいています。もうずいぶん長くなるのですが……」

一助も小ぎんのように、時の長さを口にする。

「長い滞在を許してくれるご住職で幸いでしたね」

「……はあ」

一助はあいまいにうなずいたものの、寺での暮らしについて、それ以上語ることはなかった。

上野から北東へ進むにつれ、田んぼや畑地が増えてくる。田植えの終わった田んぼでは丈の低い稲が青々とした葉を風に揺らしていた。

田んぼや畑で作業している農家の働き手などは見かけたが、他にはあまり人もいない。のどかな景色の中をさらに進むと、耕されていない荒れ地が増えてきた。一助は脇目も振らずに歩き続け、やがて現れた雑木林の中に入っていく。林の中では、草が伸び放題の、道とも言えぬ道を歩かされた。慣れていないと足もとに気を取られ、足取りが遅くなるが、一助は平然としており、竜晴たちへの気遣いも見せずにどんどん進んでいく。

「こちらです」

やがて、道を抜けた先に突然開《ひら》けた土地が現れ、寺の入り口があった。塀や門はなかったが、仏堂と見える建物と庫裏はなかなか立派である。

「では、お二人がお住まいの庫裏を見せていただけますか。ご住職にご挨拶もさせてください」

竜晴が頼むと、「ご住職はお留守です」と一助はそっけなく言い、「こちらへどうぞ」と庫裏の裏口と見える方へ一同を案内した。

一助に続いて、竜晴たちも庫裏へ上がった。裏口からすぐの二間が客用のもので、六畳ほどの部屋を小ぎんが、それよりやや小さい続き部屋を一助が使っているという。

「宮司さまが小ぎんちゃんを見つけるには、小ぎんちゃんの大事にしていたものが要るんですよね」

玉水は小ぎんの部屋をきょろきょろ見回している。隅の方に布団、行李《こうり》が置かれていたが、目につく私物のようなものは何もなかった。

「かつておぎん殿の持ち物だったというあの人形は、小ぎん殿も大切にしていただろう。もしあれが残っていれば、小ぎん殿の消息をたどれるかもしれぬ」

竜晴の言葉を聞いた玉水は「お人形はあそこに入っているのかもしれません」と行李を指さして言った。

「開けてもよいか、一助殿に訊こう」

竜晴は振り返ったが、その場に一助の姿はなかった。

「ご自分の部屋の方かな。私が呼んでこよう」

と、泰山が言い、小ぎんの部屋から一助の部屋へと向かう。

「一助殿。どちらにおられるのか」

泰山の一助を呼ぶ声が聞こえてきたが、それに応じる声はない。ややあってから、泰山が困惑した表情で戻ってきた。

「一助殿の姿が見当たらないんだが」

すべての部屋を見て回ったそうだが、姿はなかったという。他の部屋で人形を見なかったか尋ねると、見なかったと泰山は答えた。

「ならば、とりあえずあの行李を開けさせてもらおう」

竜晴は小ぎんの部屋にあった行李の蓋を開けた。しかし、中は空っぽで、人形はおろか着物一枚入っていない。

「抜丸は一助殿がどこへ行ったか、見ていなかったか」

念のために尋ねたが、人型で皆についてきていた抜丸も、一助がいなくなったことには気づいていなかった。人を案内しておいて、勝手にいなくなるとは妙であったが、とりあえず皆で庫裏の外へ出る。泰山が仏堂を見に行っている間に、竜晴は「小烏丸よ」と上空に呼びかけた。弧を描きながら空を飛んでいた一羽のカラスが、空から舞い降りてくる。

「何だ、竜晴」

竜晴の差し出した片腕にひょいととまった小烏丸に、

「一助殿が庫裏から出てきたのを見たか」

と、竜晴は尋ねた。

「いや、竜晴たちが中へ入ってから出てくるまで、誰も庫裏から出てこなかったぞ」

と、小烏丸は答えた。上空から見張っていたので間違いないと言う。仏堂から戻ってきた泰山も、一助はいなかったと報告した。

「では、いったん雑木林の外へ出て、周辺の人にこの寺のことを訊いてみよう」

と、竜晴は言い、泰山も賛成した。

「小烏丸は再び上空から見張りを。玉水は決してはぐれるな」

竜晴はそれぞれに指示と注意を与え、抜丸を含めて四名は来た道を戻る形で雑木林の外に出た。

「まずは、近くの人を探さなければな」

とはいえ、近くに家などは見当たらない。雑木林を出た後、一同は元来た道をひたすら戻り続けた。ようやく話のできる人に出会ったのは、荒れ地が少なくなり耕作地が見えてくる辺りであった。畑で作業をしていた夫婦者に、まずは当たりの柔らかい泰山が声をかけ、話を聞いてくれるとなったところで竜晴が前へ出る。

「あの雑木林の奥に、お寺がありますね」

竜晴が今出てきた雑木林を指さして訊くと、夫婦は二人ともぎょっとした顔つきになった。

「あ、ああ。あるようだね」

夫の方が返事をしたが、どことなく腰が引けていた。

「先ほど近くまで行ったのですが、ご住職はお留守のようで」

「ご住職だあ？」

農夫は頓狂な声を上げた。

「住職も何も、あの寺に人が住んでいるわけないだろ」

「もう何年、いえ、何十年も打ち捨てられてるんですよ」

続いて妻も言う。二人の親たちの代からすでに廃寺で、元の名さえ知らないという話であった。

「それに、この辺の人はあの雑木林には近付きゃしません。廃寺には妙な怪談が伝わっていますからね」

妻は話し好きなのか、竜晴が訊く前から語り出した。

「あたしが親から聞いた話ですけどね。ずうっと昔、若い娘さんがしばらく寺で厄介になってたの。赤ん坊くらいの大きさの立派なお人形を持っていて、それは大事にしていたそうよ。けれど、その娘さんは流行《はや》り病で死んじまってね。ご住職は娘さんの人形を売り払った金で葬式を出すことにした。幸い、立派な人形だったんで、古道具屋が高く買ってくれたんだけど」

そこまで一気に語った後、妻は一呼吸置いて、少し声を潜めた。

「何と、手放した翌日には、人形が寺に戻ってきちまったんだって」

古道具屋に問い合わせてみると、そちらでは人形が忽然《こつぜん》と消え、騒ぎになっていた。互いに奇妙に思いながらも、住職は古道具屋にもう一度人形を渡した。しかし、翌朝になると人形は再び寺に戻ってきてしまう。それをくり返すうち、古道具屋の主人は気味悪がり、金はいいから人形はもう要らないと言い出したそうだ。

住職はその後も売ったり捨てたり、何とか手放そうとするのだが、人形はいつも寺へ戻ってくる。人形が娘の墓から離れたがらないのだろうと考えた住職は、最後は手もとに置いて供養することにした。しかし、その住職も亡くなり、後継者が絶えると寺は荒れていった。柄のよくない者が勝手に入り込み、中には人形を持ち出して金に換えようとする者もいたが、人形はやはり寺へ勝手に戻ってくる。その上、人形を売ろうとした者には必ず災難が降りかかり、ほどなくして病や事故で亡くなることが続いた。

「それからは、寺に寄りつく者もいなくなっちまってね。お人形が今もあるかどうかは知らないけど、『呪いの人形』なんて、この辺じゃ言われてますよ」

妻の話はそれで終わった。実際に人形を見たことはあるのかと問うと、そんな恐ろしいものは見たくもないと言い返された。人形を見たという人は今はもうこの辺りにはいないらしい。

「どうもありがとうございました」

竜晴は丁寧に礼を述べて、夫婦者と別れた。再び皆で雑木林へと戻る道を進む。

「わけの分からない話だが、もう一度、寺を見に戻るのか」

泰山があとに続きながら訊いてくる。

「うむ。今の話を確かめねばなるまい。一助殿も捜さねばならぬしな」

竜晴は再び雑木林の道ならぬ道を通り、先ほどの寺へ向かった。雑木林の風景は相変わらずで、進んだ先に開けた空き地があり、そこに寺が建っているのも変わらない。だが、庫裏と仏堂を目にするなり、

「これは……」

と、泰山の口から驚きの声が漏れた。玉水も息を呑んでいる。

ついさっき見たのとはまるで異なる景色が目の前にあった。庫裏も仏堂も、屋根

といい壁といい、崩れたり剝がれたりしかかっていて、壁には蔦《つた》が絡まっている。何十年もの時が一気に過ぎてしまった——そう言われても納得せざるを得ないようなありさまであった。

三

「なるほど。あの夫婦が廃寺と口にしたのも、これならば分かる」

ややあってから、少し驚きから立ち直ったものか、泰山が呟いた。

「でも、さっきはふつうのお寺でしたよね。あっちの建物の中にも入ったのに……」

玉水が庫裏を指さしながら言う。その庫裏は今にも屋根が落ちてきそうな荒れ具合で、中へ入ることなど、とてもできそうになかった。

「これは、どういうことだ」

泰山が竜晴に目を据えて問うてきた。

「先ほど私たちが見た、というより見せられていたのは、術を施された寺の姿だったのだろう。おそらく何十年か何百年前の、まだこの寺に住む人がいた頃の姿と思われる」

「その術は、あの一助殿が施したものなのか」

再び泰山が問うた。

「いや、おそらくは小ぎん殿が施したのではないかと思うが……」

「お前は、小ぎん殿が人ではないと言っていたな」

「……ふむ」

推測ではあるが確かなことは分からないと言って、竜晴は答えるのを避けた。だが、今となってはもはや明かした方がよいだろう。

「私は、小ぎん殿は付喪神だろうと考えている」

「小ぎんちゃんが付喪神？」

玉水が目をぱちぱちさせながら言う。

「つまり、今の抜丸殿のように、小ぎん殿も人型になっていたということか」

泰山が一度抜丸に目をやり、それから困惑した眼差しを竜晴に戻した。

「いや、それならば、小ぎん殿の姿が花枝殿たちに見えるはずがない。私たちが見た姿が、付喪神としての本来の姿なのだろう」

竜晴は泰山、玉水、抜丸の顔を順に見つめながら、静かな声で告げた。

「付喪神の姿は本体と縁のあるものとなります。ということは、小ぎんとやらの本体は……」

抜丸の言葉に、竜晴はうなずいた。

「ああ、おそらく例の人形なのだろう」

小ぎんが、おぎんの大事にしていた人形と考えれば辻褄《つじつま》が合う。おそらく遠い昔、おぎんは人形を自分の妹に見立て、小ぎんと名付けた。いつも妹に語りかけるように、人形に語りかけていたのだろう。小ぎんが玉水たちに語った昔話では、姉妹を引き取った養家の親たちが「小ぎんのことをいないものとして扱った」というが、それも人形ならば当たり前の話だ。

結果、その人形は魂を宿すと、おぎんを姉、自分自身を「小ぎんという人間」だと思い込む。さらには、姉であるおぎんが亡くなったことを受け容れられず、行方不明になったと考え、捜し続けた――。

「力のある付喪神であれば、呪力も使えよう。寺の外へ出される度、舞い戻ってきたのも、荒れた廃寺をまともに見せかけたのも、銀竜草を生やしたのも、小ぎん殿の力の為せる業《わざ》だ」

「それほど力のある付喪神が八尾の狐と一緒にいるのは、まずいのではないか」

深刻な表情を見せる泰山に、竜晴はおもむろにうなずいた。

「そうだ。人形が見当たらぬということは、今は別の場所に移されたのだろう。その本体が八尾の妖狐のもとにあるのならば……」

「もしや、妖狐が人形の本体を手に入れ、付喪神の小ぎん殿を操っているということか」

泰山の予測を聞き、抜丸が「付喪神を操るとはけしからぬ」と声を上げる。

「小ぎん殿が自ら本体を差し出したのかもしれぬ。おぎん殿に会わせてやるなどと言われて、従ったとも考えられよう」

「大変です。小ぎんちゃんを助けなくちゃ」

玉水は今にも走り出していきそうな勢いで叫んだ。

「愚か者め、竜晴さまから離れるなと言われたであろう」

抜丸が玉水を引き留める。「でも、でも」と泣きそうになる玉水の見張り役は抜丸に任せ、竜晴と泰山は話を続けた。

「では、一助殿とは何者なのだ。小ぎん殿が付喪神ならば、あの人もふつうの人間ではないだろう」

「うむ。おそらくは死んだ後もこの世に留まった霊魂であろうな」

「それで、突然消えたわけか。それならば、また現れるということも……」

と、泰山が言いかけたその時、まるでそれを待っていたかのように、当の一助がすうっと現れた。

「お出ましのようだぞ」

竜晴が泰山の注意を促す間もなく、一助は竜晴たちの目にはっきりと見える姿を取り戻した。

「小ぎん殿は、おぎん殿の人形の付喪神だったのですね」

竜晴は一助の前へと歩を進め、尋ねた。一助は無言でうなだれる。

「どうして、正直に打ち明けてくれなかったのですか」

「それは、お嬢さまのお心を踏みにじることだと思ったから……」

自分にはできなかったというように、一助は首を横に振った。

「だが、あなたが姿を消したのは、私たちに手がかりを与えようとしてのことではないのですか」

一助からの返事はない。竜晴は溜息を吐き、別の問いを投げかけた。

「もしや小ぎん殿は、自分が付喪神だと分かっていないのですか」

一助はまたしてもうなだれてしまった。

「小ぎん殿はおそらく強い妖力を持つ八尾の狐と共にいる。取り戻すには、こちらも相応の力が求められます。そんな時、あなたが私たちに隠し事をしていては、小ぎん殿を助けることは難しくなるばかりだ。すべて話してくれますね。おぎん殿と小ぎん殿、そしてあなた自身のことを――」

竜晴が力強く訴えると、やがて一助は顔を上げ、「分かりました」と覚悟を決めた声で言った。

私は遠い昔――おそらく百年ほども前の世に生きていた者です。おぎん殿は名主《みょう》の家の養女。私はその家の下男で、畑仕事から用心棒のようなことまでさせられていました。

おぎん殿は養女といっても、大事にされていたわけではなく、むしろ使用人よりひどい扱いを受けていました。養母の御前がかなり意地の悪い人でして。

名主夫妻に実子はいなかったのですが、おぎん殿以外にも養女がいました。そちらは御前の縁者でしたので、御前は露骨にかわいがる。だから、おぎん殿はたいそうつらかったと思います。

やがて、その御前がおぎん殿を私に添わせようと言い出しました。もちろん、下男の私に名主の養女は釣り合いません。けれど、名主の旦那は御前の言いなりでして。

私はおぎん殿を気の毒に思いましたが、もし受け容れてもらえるなら、命を懸けて大切にすると誓いました。おぎん殿は涙を流して喜び、私に心を寄せてくれるようになったのです。

私たちは許婚となり、祝言《しゅうげん》を挙げると同時に、おぎん殿が名主の家を出ることも決まりました。おぎん殿は名主に預けられていた実の親の遺産を、この機に返してもらえると喜んでおりました。

ああ、小ぎんのことを話さなければなりませんね。

ご推測の通り、小ぎんは生身の娘ではなく、おぎん殿の人形で間違いございません。おぎん殿はその人形を小ぎんと呼んで、妹のようにかわいがり、養家でのつらい暮らしに耐えておりました。それはもう、食事も一緒、寝る時も一緒というありさまで。

私たちが夫婦となることが決まってから、おぎん殿が名主の旦那の言いつけで、山を一つ越えた土地へ出かけることになりました。そこはおぎん殿の生まれ故郷でしたので、おぎん殿は親の墓参りができると喜んでおりましたよ。

この時、私はおぎん殿に付き添いましたが、小ぎんを連れていくことはできません。出立前、おぎん殿は小ぎんに「帰ってくるまで、いい子にして待っていてね」などと言い残しておりました。

行きの道中は何事もなく、おぎん殿は故郷で墓参りも済ませ、旦那から頼まれていた用向きも果たし、帰路に就いたのです。

災難はこの帰りの道中に降りかかりました。

あと少しで山を抜けるというところで、山賊に襲われたのです。その山道は土地の者たちがよく行き来しており、山賊の害など聞いたこともありませんでした。

だから、私もおぎん殿も刀こそ持っていましたが、それ以上の用心などはしていなかった。

そんなところに、真っ昼間から山賊が現れたのは奇妙といえば奇妙でした。もちろん、そういうことを考えたのは後のことで、その時は悠長なことなど考えていられません。

「逃げろっ！」

とにかく、私はおぎん殿に向かって叫びました。

山賊は五、六人。私はその場に残って、命を懸けても食い止めるつもりでした。別れの言葉を交わす暇などない。目と目を見交わしただけの別れでした。ただただ、脅えと不安に揺れるおぎん殿の目を見たのが……私には最後となりました。

私はそこで、山賊たちによってなぶり殺されました。

おぎん殿は賊が私に斬りかかる前に走り出した。ただし、私が動けなくなった後、賊がおぎん殿を追っていったかもしれず、最後まで無事であったかどうかは分かりません。

おぎん殿の行く末がどうしても気になった私は、彼岸へ渡ることが叶《かな》いませんでした。私はこの世をさすらい、おぎん殿の行方を追い続ける霊となったのです。おぎん殿は自分の家へは帰っていませんでした。山中も隈《くま》なく捜しましたが、見つかりませんでした。

おぎん殿がどうなったのか、私は今でも分からないのです。もしかしたら山賊たちに追いつかれ、さらわれたのかもしれませんし、どこかへ逃げて、無事に生涯を全《まっと》うしたのかもしれない。

ただ、どんな結末であったとしても、おぎん殿が今も生きているということだけはありません。私のように霊になっていることはあるとしても。

それはともかく、私はおぎん殿が暮らしていた名主の家に住み着く霊となりました。あの時、襲ってきた山賊がもしや名主夫妻の謀《はかりごと》だったかもしれないと疑い始めたのは、この頃です。どうやら、おぎん殿の亡き両親の財産を、名主夫妻は横取りしていたようだと分かりましたので。

どれだけ殺しても飽き足りない悪党ですが、私には奴らの命を奪うだけの力はありません。そのことがどれだけ口惜《くや》しかったか。

ただ、一つだけ痛快な出来事がありました。御前がおぎん殿の大事にしていた人形の小ぎんを捨てたのですが、翌日になると、再び家へと戻ってくる。何度捨てても小ぎんは帰ってくるのです。御前も名主の旦那も、御前と縁続きの養女も脅えるようになりました。

結局、おぎん殿の使っていた部屋は封鎖され、小ぎんはそこに打ち捨てられたまま、無視されることになったのです。

この家はやがて、養女が婿を取って継いだのですが、数年後には戦に巻き込まれ、一家は敵兵の襲撃を恐れて、どこぞへ去っていきました。後のことは知りませんし、知りたいとも思いません。

その後も、私は空き家から動かなかったのですが、どのくらいの歳月が経った頃でしょう、人形の小ぎんが付喪神となって私の前に現れたのです。

小ぎんはおぎん殿の妹として振る舞いました。私に「お姉さまを捜す手伝いをしなさい」と頭ごなしに命じてきたのです。

初めは私も混乱しましたが、やがて理解しました。小ぎんという付喪神の人形は、自分を人間と思い込んでいるのだ、と――。

私は頭の片隅で、おぎん殿はもう生きていないと分かっていた。それでも小ぎんに命じられた時、どうしてもそのことが言えなかった。

それから、小ぎんと私の旅が始まりました。

実にあちらこちらをめぐりました。この江戸へ来たことも特に理由はありません。ただ、この地は私たちが住み着いてから、人の数がどんどん増えてきました。こんなにも人が多いのならばお姉さまだってきっと見つかる——小ぎんがそう言うので、ここに住み着いたのです。

私たちが来た時はまだ、この寺には住職がおり、私たちは庫裏に住まわせてもらいました。ですが、何年か経てば成長しない付喪神の小ぎんは疑われます。それで姿を消すと、小ぎんは死んだと思われ、本体の人形を古道具屋に売られてしまう、などということもありました。

住職が亡くなった後も、人形を盗み出したり、捨てたりしようとする人間はいましたが、小ぎんが必ず戻ってくるので、人間たちは脅えたようです。呪いの人形などと呼ばれるようになってからは、そういう悪さをする者もいなくなり、私たちは静かに暮らすことができました。

小ぎんはずっとおぎん殿を捜し続けていましたが、気が済むまで続ければいいと私は思っていました。付喪神には長い時がある。私も霊となった以上は、それにどこまででも付き合える。

　このままずっと、終わることのない人捜しの旅を続けていくのも悪くはないだろう、と――。


　一助が苦しそうな表情で口を閉ざすと、代わりに竜晴が口を開いた。

「なるほど。あなたがいいと思っても、小ぎん殿はいいとは思わなかった。あなたと違って、小ぎん殿は決してあきらめていませんからね。それで、小ぎん殿は私のもとを訪ねてきたというわけでしたか」

「もしも宮司殿があの時、おぎん殿の行方は分からなかったと答えてくだされば、それで済んだのです。私たちはこれまでと変わらず、おぎん殿を捜す旅を続けることができた……」

　一助は顔を上げると、思いを吐き出すように言った。

「そうしてもらいたかった、ということですか」

「…………」

「小ぎん殿は、自分が人間で、おぎん殿は生きていると思っている。その誤った考えを抱いたままでいてもいいと、あなたは思うのですか」

「では、私にどうしろと言うのです。小ぎんは真実を受け容れられるほど強くない。弱い者には弱い者なりの、苦痛を受け流すやり方がある。やり過ごせるなら、それに越したことはないでしょう。案の定、宮司殿から抜き差しならぬ真実を突き付けられた小ぎんは、心が壊れてしまった。八尾の狐なんぞに操られることになったのは、そこに付け込まれたからです」

一気に言ってのけた後、一助は肩で息をしている。

「あなたの考えが間違いだと言いたいわけではありません」

竜晴は静かに言葉を返した。

「しかし、私はどんな真実であれ、知り得る立場にある者は知るべきだと考えています。だから、小ぎん殿に真相を知らせたことは正しかったと、今も思っている。ただ、もっと別の伝え方があったのではないかと省《かえり》みることはありました。そのことで、小ぎん殿が傷つき、あなたも傷ついたことに対しては、申し訳なかったと思っています」

そう言い終えるなり、竜晴は頭を下げた。
「竜晴さまがそこまでなさるなんて……」
抜丸が不服の意を唱えたが、竜晴は頭を上げなかった。ややあってから、一助は
「頭をお上げください」と落ち着いた声で言った。
「私の方こそ申し訳ありません。宮司殿に八つ当たりをしてしまいました。小ぎん
を見つけてほしいとお頼みしておきながら……」
頭を下げている一助に、今度は竜晴が頭を上げるようにと勧めた。
「いずれにしても、小ぎん殿を捜す依頼を私は受けました。小ぎん殿の本体がない
以上、ここにいる理由はありません。戻って策を講じましょう。一助殿、あなたも
小鳥神社へ来ますか」
「……よろしいのですか」
一助が驚いた表情で、遠慮がちに問う。
「人間よりも、人ならざる者の方が多い社《やしろ》です。ただし、一つだけ承知してもらわ
ねばなりません」
「どんなことでしょうか」

一助の声が少し揺れた。

「これまでは人の世の理をもって、小ぎん殿やあなたに接してきました。が、正体を知った以上、これからは小鳥神社の主として接します。つまり、この世に害なすものと見なした時には、ただちに祓うなり封じるなりの処置を講じる、ということですが……」

竜晴の言霊《ことだま》が一助を縛る。一助は一瞬、苦しげな表情を浮かべたものの、すぐに元通りになった。ただし、目の中には、それまで見られなかった殊勝で神妙な色がある。

「承知いたしました」

「では、歓迎しよう」

言葉遣いも改め、竜晴は告げた。

「お世話になります」

濁りのない声で言い、一助は再び頭を下げた。

六章　八尾の妖狐

一

　一助が小鳥神社へ来たその晩、玉水は気持ちがざわついて、なかなか眠れなかった。小ぎんの正体はもはや玉水も承知している。一助が小ぎんを大事にしていることも分かった。

　皆が小ぎんを八尾の妖狐から救い出そうと考えている。竜晴がその依頼を受けた以上、必ずやり遂げてくれると信じることもできた。だが、気持ちがもやもやしないわけではない。

（何がこんなにも気にかかっているんだろう）

　玉水は自分の心を自分で探ってみるという、少なくとも気狐になってからは経験のないことを試みた。

(小ぎんちゃんが自分で八尾の狐のところへ行ったのなら、宮司さまや一助さんが帰ってこいと言ったって、帰ってこないんじゃないかな)

その場合、餌にされたのはおぎんとの再会と考えられる。だとしたら、それが嘘だと分かりでもしない限り、小ぎんは戻ってこないだろう。

(だって、宮司さまは小ぎんちゃんをお姉さんに会わせてはくれないんだから)

気にかかるのはここだ。竜晴も一助もおぎんは死んだと言い、小ぎんの願いを叶えてやろうとはしていない。もちろん、玉水とて小ぎんの願いが実現不可能なことは分かる。

だが、真実を教えて願いをあきらめさせることや、逆に叶わないと知りつつ真実を教えないことが、いいとは思えなかった。前者は竜晴の、後者は一助の選択したことだが、

(どっちも、小ぎんちゃんが欲しい答えじゃない)

と、玉水の考えはそこにたどり着いた。

(私は、小ぎんちゃんに別の答えをあげたいんだ)

あきらめさせるのでも、真実から遠ざけるのでもない、第三の答え。今はまだ、

どうすればいいか分からないけれど、どうにかしてその答えを見つけたいと思う。

　小ぎんとは知り合ってまだ間がないし、それほど親しくなったわけでもない。それなのに、どうしてこうも気になるのだろうと考えていたら、ふとかつての自分のことが思い出された。

　遠い昔、玉水は美しい人間の姫を好きになり、どうしても親しくなりたいと願った。姫のそばへ行くためには人間に化ければいいわけだが、この時、玉水は人間の男に化けるのではなく、女に化ける道を選んだ。玉水自身は雄の狐だが、男より女の方が姫に近付けると考えたのだ。この考えは見事に当たった。玉水は姫に仕える女房《にょうぼう》となり、姫とは深い心の絆で結ばれることが叶ったのだから。

　ところが、その後、姫は帝《みかど》の妻となることが決まった。狐の自分がそばにいては、姫の将来に影が差す――と考えた玉水は、自分が狐であることを記した文《ふみ》を残し、姫に黙って姿を消した。

　結果として、後から真相を知らされた姫はたいそう傷ついたことだろう。姫が仕合せになったらしいとは、後に知ったが、姫の心の傷が癒されたかどうかは分からない。

(私はあの時、真実を告げることから逃げ出した。ずっとそばにいてほしいと願う姫のもとからも逃げ出した)

もし面と向かって真実を告げていたならば――。

おそらく別離は避けられなかっただろう。それでも、お互いに心行くまで別れを惜しむことができたかもしれない。

もしずっと姫のそばで暮らし続けていたならば――。

いつかは化けの皮が剝がれて、姫にも迷惑をかけることになっただろう。でも、その時は姫が玉水を助けてくれたかもしれない。優しい姫のことだ。玉水が狐だと知っても、ひどい目に遭わせたりするはずがない。自分はそのことが分かっていたのに、姫のそばから逃げ出してしまった。

(私は、いちばん悪い道を選んでしまったんだ)

と、玉水は思った。こんなことを考え始めたのも、小ぎんと出会ったせいかもしれない。

人間ではない身で、人間の女をどうしようもなく慕う者同士。他人事《ひとごと》とは思えないのだ。

そんなことを考えつつ悶々としていたら、すっかり目が冴えてしまった。行灯《あんどん》のしぼった明かりで、寝床の傍らを見ると、カラスと白蛇がいる。二柱の付喪神たちは寝入っている様子だが、竜晴の姿はなかった。

玉水は自分の手を見つめた。白くて五本の指がある人間の手だ。

寝る時はいつも狐の姿に戻る習いであったが、物思いにふけってそれすら忘れていた。そのせいで眠れなかったのかなと思いながら、玉水は身を起こした。

その時、誰かの声を聞いた気がした。耳を澄ますと、

「玉水ちゃん」

と呼ばれた。

玉水は立ち上がると、部屋を脱け出した。

「玉水ちゃん、来て」

玉水を呼ぶ声は外から聞こえてくる。玉水はその声に導かれるように玄関へと向かった。

小鳥神社の鳥居の外へ出ると、小ぎんの姿があった。

「ああ、よかった。小ぎんちゃん、無事に帰ってこられたんだね」

と、玉水は心からほっとして言った。

「一助さんが心配していたよ。今は小烏神社にいるからさ。早く顔を見せてあげて」

玉水は小ぎんの手を引こうとしたが、小ぎんは足を踏ん張って首を横に振る。

「一助のところへはもう戻らない」

と、小ぎんは言った。

「一助は本気でお姉さまを捜そうとしていないから。それに、小烏神社の宮司さまも嫌い。お姉さまは死んだなんて言って」

「でも、宮司さまのおっしゃることは、いつだって真実なんだよ」

玉水は悲しい思いで、そう口にした。この言葉が小ぎんを傷つけることは分かっている。それでも、口をつぐんだり、ごまかしたりするのは間違っていると思った。

「ねえ、小ぎんちゃんは八尾の狐のところにいるの?」

玉水は思い切って訊いた。小ぎんは返事をしない。

「八尾の狐は悪い妖なんだよ。小ぎんちゃんだって、ひどい目に遭わされるかもしれないよ」

「お姉さまともう一度会うためには仕方ないのよ」

　と、小ぎんは玉水の方を見ないで答えた。

「八尾の狐は男の人たちをさらってるんでしょ。小ぎんちゃんはその手伝いなんてしていないよね」

「…………」

「ねえ、していないと言ってよ、小ぎんちゃん」

「仕方ないって言ったでしょ」

　小ぎんは声を高くして言い返した。

「お姉さまともう一度お会いするためなら、私は何でもすると決めたんだから」

「何でもって、人を殺《あや》める手伝いも含まれるの？」

「…………」

「そんなことないよね、小ぎんちゃん。おぎんさんの命はとても大事なものだけど、他の人の命だって同じように大事なものでしょ。小ぎんちゃんはそれが分からなくなったりしてないよね」

小ぎんはぷいと顔を背けると、神社に背を向け歩き始めた。「待ってよ、小ぎんちゃん」と玉水はあとを追う。

「ねえ、小ぎんちゃんはいくつなの」

玉水は恐るおそる問うた。

「もしかして、何十年とか何百年っていうくらい長い間、生きてきたんじゃない？」

小ぎんは無言でどんどん歩いていく。

「あのね、人間はいつまでも子供のままじゃないんだよ。二十年もしないくらいで大人になっちゃうし、百年もしたらほとんど死んじゃうんだよ」

玉水は懸命に小ぎんのあとを追いかけた。「ねえ、小ぎんちゃん。待ってってば」

と、小ぎんの背中へ手を伸ばそうとしたその時、突風が吹きつけてきて、玉水は少しよろめいた。夜だというのに妙に湿っぽく、生温かい。それでいて鳥肌が立つほど禍々しい気配がする。

すぐにでもこの場から逃げ出すべきだと、玉水にも分かった。だが、それは小ぎんと一緒でなければならない。玉水は強風に抗《あらが》い、小ぎんの方へさらに手を伸ばした。が、小ぎんに届くより先に、玉水の手首は荒々しい爪を持つ何ものかの手につかまれていた。

「小ぎんよ、よくやった」

玉水の耳もとで、しゃがれた声がした。自分をとらえ、軽々と宙へ持ち上げているのは、かつて見たことのある妖狐に間違いない。つかまれた手首がちぎれそうに痛く、玉水は悲鳴を上げた。

「この気狐の霊力を得れば、わらわはいっそう強くなれる」

妖狐がくくくっと忌まわしげに笑った。

「気狐ってなに？」

小ぎんの問い返す声が聞こえてきた。何やらひどく驚いているようだ。ああ、そうか、小ぎんには気狐であることを打ち明けていなかったと、玉水は思い返していた。

「こやつが気狐だと知らなんだのか」

妖狐は小馬鹿にしたように笑った。

「あんた、女の子は食べないんでしょ。だから、私は……」

「おぬし、こやつを人間と思うていたか。こやつは狐の霊であり、そもそも雌狐《めぎつね》でもない」

「雌じゃないって、それじゃあ……」

「ほほ、雄の精気を持っておるということよ」

妖狐が再び低い笑い声を漏らした。

「おぬしはまだ我が身を人と思うておるのか。そんなことゆえ、こやつの正体も見抜けぬのじゃ。愚か者め」

「私を騙したの？」

「わらわは玉水を連れてまいれと言うただけじゃ」

「殺さないとも約束した」

「殺しはせぬ。こやつは狐の霊ゆえ、わらわの中に取り込んでやろうぞ。さすれば、こやつはわらわの中で生き続ける。そもそも、こやつを雌の人間と勘違いしたのはおぬしの落ち度であろう？」

「じゃあ、約束を果たしてよ。お姉さまと会わせてくれる約束でしょう？」

「ああ、果たしてやろうぞ」

妖狐の赤い両眼が火のように燃え上がるのを、玉水は見た。

「おぬしの姉に会わせてやるなぞ容易いこと。すでに死んでおるのじゃからな。おぬしも死ねば、あの世で会えようぞ。付喪神があの世とやらへ行けるかどうか、わらわの知ったことではないがな」

妖狐は空いている右の腕を高く振り上げた。鋭い爪が小ぎんを狙っている。

「うわああっ！」

その時、小ぎんの口から怒りの叫びが漏れた。怒りと失望の余り、わけが分からなくなっているらしい小ぎんが、無謀にも妖狐に体当たりしようと走り寄ってくる。このままでは、妖狐の鋭い爪で瞬く間に仕留められてしまうだろう。

「駄目だよ、小ぎんちゃん！」

玉水は声を振り絞って叫んだ。同時に、変身を解く。

玉水の体が狐のそれに――人間の少女よりは若干小さなそれに一瞬で変わった。

虚を衝かれたらしい妖狐の隙を衝き、玉水は後ろ足で妖狐の体を蹴りつける。

「おのれ、子狐めが！」

怒った妖狐が見る見るうちに体を大きくさせた。体毛が禍々しい黒ずんだ赤色へと変わっていく。

妖狐の口が大きく裂けた。そして、玉水の体を頭からがぶりと呑み込む。

その時、我を失っていた小ぎんは、何者かに羽交い絞めにされ、そのまま後ろへ引きずられていた。

「早く。振り返らずに神社へお逃げなさい」

一助の声であった。小ぎんが我に返ってそのことに気づいた時にはもう、一助は妖狐に向かって駆け出していた。

「一助ー」

思わずその背を追いかけようとしたが、

——追ってはいけません。言われた通り、逃げなさい。

誰かの声が小ぎんの行動を止めた。どういうわけか、その声には逆らえる気がしない。

小ぎんはその謎の声と、先ほどの一助の言葉に導かれるように、妖狐に背を向けて走り出した。つい先ほどまでそんなことはまったく考えていなかったというのに、小鳥神社の鳥居の中へ一瞬でも早く駆け込みたい。助かるにはそれしかないと、本能が教えてくれた。

二

「助けてっ！　誰か、助けてえ」

小ぎんは小烏神社の鳥居へ入り込むなり、声を限りに叫んだ。そのまま走り続けていくと、やがて参道で人影とぶつかった。

「どうした」

人影は二つ。一人が提灯を掲げていたので、相手の顔が見えた。一人は小ぎんも知る小烏神社の宮司で、もう一人は知らぬ男であった。

「玉水ちゃんと一助が……」

小ぎんはそう言って、自分が来た道を指さした。それしか言えなかったが、すぐに伝わったらしく、男たちはそのまま駆け出していく。

気がつくと、両足ががくがくと震えていた。立っていることさえできず、小ぎんはその場にうずくまる。

ややあって、小ぎんは何ものかの気配に気づいた。顔を上げると、目の前の地面に蛇とカラスがいた。

驚きはなかった。ただ、自分の仲間がいると思っただけだ。もう彼らの声が聞こえぬふりも、人型に化けた彼らの姿が見えないふりもしなくていい。

小ぎんはそのまま意識を失った。

竜晴と泰山は小ぎんの知らせで神社を飛び出したが、通りには妖狐の姿も、玉水と一助の姿もなかった。

「すでに逃げられたようだ」

竜晴はその場に残る妖力の気配を探り、そう告げた。ひとまずは神社へ戻り、小ぎんの話も聞いて、玉水と一助を助ける算段を立てなければならない。

竜晴たちが戻ると、小烏丸と抜丸も起き出していて、参道に倒れている小ぎんに寄り添っていた。

泰山はすぐに小ぎんを抱え上げると、とりあえず自分が使っている部屋へと運び入れ、その具合を診た。気を失っているだけだろうというので、ひとまずは皆で小ぎんの意識が戻るのを待つ。

「玉水は……妖狐に狙われていると分かっていたから、皆で見守ってきたんだよな」

泰山がいつになく沈んだ声で呟いた。竜晴と泰山、小烏丸と抜丸の四名で見守っていながら、みすみす敵の手に渡す羽目となってしまったのだから、まさに大失態と言っていい。

「それについては、竜晴さま。まことに私どもの不徳の致すところで、面目次第もありません」

抜丸がもたげていた鎌首を低く下げて謝罪した。

「こやつの言う通りだ。我らが玉水と一緒にいながら、腑甲斐ないことであった」

小烏丸も神妙な態度で詫びを入れる。

「私は、誰のせいなのか、明らかにしたいわけじゃない。ただ竜晴に訊きたいことがあるだけだ」

泰山は竜晴にまっすぐ目を据えた。

「何だ」

「お前の力の強さは、ここにいる誰もが分かっている。無論、私も身をもって知っている。だからこそ、妙な気がしてならないんだ。お前ほどの者が玉水の行動にまったく気づかなかったのか、と――」

泰山はいつになく冷淡な声で言い、竜晴の返事を待たず、さらに続けた。

「正直、私はまったく気づかなかった。そんな私が竜晴を責めることなどできやしないのは百も承知だ。それでも解《げ》せない。私が小ぎん殿の叫び声で目を覚ました時、竜晴はまだ居間で起きていた。そうでなくともただならぬ呪力を扱える竜晴が、玉水の動きにまったく気づかないなどということがあるのか」

「なぜ遠回しに言う。いつものお前らしく率直に訊けばいいじゃないか。玉水をあえて行かせたのか、と――」

竜晴は淡々と訊き返した。

「竜晴、お前――」

泰山の声が急に熱を帯びた。思わず腰を上げかけた泰山の左右から、付喪神たちが取りすがる。

「待て。いや、待ってくれ、医者先生よ」

「竜晴さまには深いお考えがあるはずなのだ」

付喪神たちに懇願され、泰山は座り直した。

「私もそう思いたい。そうでないと、こう考えて失望してしまいそうだ。出会ってからこの三年、竜晴はまったく変わらなかったのか、とな」

「医者先生よ、そんなふうに言ってくれるな」

小烏丸が悲しそうな声になって呟く。だが、泰山は小烏丸をなだめる言葉は吐かなかった。その代わり、竜晴に目を据え、

「お前の望み通り尋ねよう。教えてくれ、竜晴。お前は玉水をおとりにしたのか」

と、一語一語を嚙み締めるように問うた。

「その問いに正確に答えるのは難しい。だが、あえて玉水を行かせたのかと問われれば、そうだと答えよう。そして、私は最善の道を選んだと考えている」

竜晴は泰山の目をしっかりと見つめ返して答えた。

次に泰山が口を開くまでには、不自然すぎるほどの間があった。

「……そうか」

泰山は自分自身を納得させるように、ゆっくりと言い、それから一つ深呼吸した。

「お前が最善と言うなら、それを信じようと私は思う。玉水のことは間違いなくお前が助けてみせるのだろう。だが、頭でそう考えることができても、心を捻《ね》じ曲げることはできない。私の言うことが分かってもらえるか」

「私なりに、分かると思う」

竜晴は泰山から目をそらさずに答えた。

「私はお前が変わったように思っていた。この三年で少しずつ、特にあの四百年前の世へ共に旅をしてからは、著しく変わったように思えたものだ。だが、玉水を危険にさらし、それでも平然としているお前を見ると、どうしてもお前を受け容れがたく感じてしまう。頭ではお前が正しいと分かっていてもだ」

「…………」

「たぶん、玉水が無事に帰ってくるまで、私のこの気持ちは変えられない。だからといって、お前と仲たがいしようとか、ここを出ていくとか言っているわけじゃない。私にできることがあれば、いくらでも力を貸そう。ただ、お前に全幅の信頼を寄せるのは難しい。そしてそれを隠し続けることは、私にはできないのだ。勝手なことを言っているとは分かるが……」

「いや、お前はそれでいい」

竜晴はなおも淡々と答えた。

「今、私がお前に望むのは、私を信頼してくれることではなく、玉水を助けるために力を貸してくれることだ。無論、小ぎん殿と一助殿も助けなければならぬ」

竜晴の返事に、泰山は「分かった」と答え、先に竜晴から目をそらした。

「では、小ぎん殿が目を覚ますまでは、お前に任せてよいか」

泰山が無言でうなずくのを見届けると、竜晴は立ち上がり、部屋を出た。抜丸があとをついてきたが、小烏丸が追ってくる気配はない。抜丸が部屋を出るのを待ち、竜晴は静かに戸を閉めた。


お前は竜晴のところへ行かないのか、という目で見られ、小烏丸は「なあ、医者先生よ」と泰山に呼びかけた。

「先生の言うことは合っている。竜晴は間違いなく変わった」

泰山はわずかに目を瞠《みは》ったが、口はつぐんだままであった。

「これは我の想像だが、たぶん、今の医者先生の言葉に竜晴は傷ついている」

今度は、はっと息を呑む音がして、泰山の表情が大きくゆがんだ。

「そうかもしれない。私は傷つけるようなことを言った。だが、心のどこかでこう思っている。傷つくような竜晴であってほしい、と――」

「それが、ふつうの人間だからか？」

「いや、竜晴にふつうであれなどと望みはしない。だが、人間であってほしいとは思う」

「竜晴は人間だ。人並外れた力を持ってはいるがな」

「……ああ。そう望むよ」

「だが、人間とはそんなに容易く変わるものではあるまい。少なくとも、我が知る人間とはそういうものであった」

「……そうだな」

「人がある時を境に別人のように変わってしまったら、それは憑かれたのと同じだ。竜晴が急に医者先生のようになったら、むしろ心配だし、その逆も同じだ」

「……そうか。心配してくれるか」

泰山はゆがんだ表情のまま、小さな笑い声を漏らした。

「竜晴は変わった。先ほど『私なりに分かる』と言ったのがいい例だ。これまでの竜晴なら、『分かる』か『分からぬ』、そのどちらかしか口にしなかったろう。医者先生の心を慮《おもんぱか》れるようになったということだ。だが、人はすぐには変われぬ。特に余裕のない場ではそうだろう」

泰山の目はいつしか、小烏丸から離れてしまっていた。それでも、小烏丸は変わらぬ熱意をこめて言葉を紡ぐ。

「妖との戦いでは、非情にならざるを得ないこともある。竜晴は最も犠牲が少なく、最も正しい道を選び、その理由をいちいち説明しない。竜晴らしいじゃないか。我はそう思って、むしろ安心した」

「………」

「そのことを医者先生に言っておきたくてな。その、別に我と同じように考えてほしい、というわけではないのだが……」

「小烏丸よ、ありがとう」

泰山は顔を上げ、小烏丸に目を戻して言った。その表情がいつも通りとは言えぬまでも、先ほどよりずっと穏やかなことに、小烏丸はようやく安堵する。

「さっきも言ったように、私だって、竜晴が正しいと信じている」

泰山は濁りのない口ぶりで告げた。

「玉水が無事に戻ってきた暁には、私から竜晴に謝る。そうなってほしいと心の底から願っているんだ」

「医者先生は優しいな」

小烏丸は呟いた。

そして、泰山のような男が竜晴のそばにいることを、竜晴のためによかったと考えていた。

三

小ぎんが目を覚ましたと、竜晴が泰山から知らされたのは、空が白み始めた頃であった。この晩は結局、一睡もしていない。玉水がいなくなってからは、泰山と付喪神たちも同じであった。

居間でまんじりともせず過ごしていた竜晴は、知らせを受け、小ぎんのもとへ向かった。ずっと傍らで、何も言わず、心配そうに付き添っていた抜丸もあとに従う。

小ぎんはまだ布団の中にいたが、上半身を起こしていた。泰山は小ぎんのそばからは遠ざかり、部屋の隅の方に座っている。

竜晴は小ぎんのすぐ近くに座った。

「話はできるのですか」

竜晴は短く問うた。「……はい」と小ぎんがうつむいたまま答える。

「真実を話す気になりましたか」

「ごめんなさい」

小ぎんはその場に正座すると、竜晴に向かって深く頭を下げた。

「嘘を吐いたわけじゃありません。でも、頭の片隅では分かっていながら、どうしても分かりたくないことがあって……」

「だから、あえて言わなかったと？」

小ぎんは身を起こすと、小さくうなずいた。

「今はそのことを理解し、自分でも認めているのですか」

「……はい。宮司さまから真実を告げられ、それでも認めたくないと思い、愚かにも妖にすがりました。でも、妖からも同じことを突き付けられて。私を助けようとしてくれた玉水ちゃんと一助を奪われました」

小ぎんはうつむいたまま、鼻をすすった。

「どうか、玉水ちゃんと一助を助けてください。お願いいたします」

小ぎんは再び頭を下げようとしたが、それより先に竜晴は「頭は下げなくてけっこう」と告げた。

「その代わり、顔を上げ、私の目をしっかりと見ながら、真実を話してください。あなたの依頼を受けるためには、それが必要です」

小ぎんは頭を下げる動きを止め、しばらく固まっていた。うつむいたまま、顔を上げる気配もなかったが、竜晴は静かに待つ。

ややあってから、小ぎんはわずかに身じろぎした。そして、上から糸で引っ張られでもしたかのような、ぎこちない動きでようやく顔を上げた。

「私は……人ではありません」

竜晴の目を見つめながら、小ぎんは言った。竜晴は一度うなずき、さらに先を促す。

「お姉さまが大切にしてくださった人形……小ぎんと名付けられた人形の付喪神でございます」

「おぎん殿が大切にしてくれたから、付喪神としての命を得たのですね」

「はい。でも、私が命を得た時はもう、お姉さまは山賊に襲われ、姿を消した後のことでした。私はお姉さまが死んだとはどうしても認められず、行方を追うことにしたのです。でも、見つからないまま、何年も何十年も経ってしまって……」

「そのうち、人の寿命の歳月を超えてしまったことに目をつむり、自分が付喪神であることもあえて忘れた……ということですか」

「はい。申し訳ございません」

　頭は下げなかったが、竜晴の目を見て、小ぎんはもう一度謝った。

「一助殿のことは当人から聞きましたから、話さなくてけっこう。それより一つ訊きたいことがあります。あなたの本体である人形はどうしました」

「妖狐が持っております。あの妖は、お姉さまに会わせてやるから自分の手伝いをしろと言いました。私は承知して従いましたが、その時、本体をあのものに差し出したのです」

「あなたは妖狐が男を襲うのに力を貸したのですか」

「……いえ」

小ぎんはこの時ばかりはこらえきれずに下を向いて、小声で答えた。

「人間の男たちは……油断しがちで隙ばかりでしたから、妖狐は楽々と狩りを行っておりました。私はその現場に行って、泣くことしかできなくて」

「なるほど。現場に生えていた銀竜草から、あなたの気配がしたのはそれゆえでしたか」

「私が涙をこぼした跡には、銀竜草が生えてきました。なぜそうなったのかは分かりませんが」

「あなたの思いの力が為せる業でしょう。人から大事にされた付喪神が、人を思う力——。ですが、あなたは玉水を妖狐に差し出した。それが、おぎん殿と再会するための条件でしたか」

「本当に申し訳ありません。私は取り返しのつかないことをいたしました」

小ぎんは再び頭を下げ、声を絞り出すように謝った。竜晴も今度は止めなかった。

「八尾の妖狐が玉水を求めたのはなぜか、分かりますか」

「妖狐が言っていました。玉水ちゃんの霊力で自分はもっと強くなると――。でも、私は玉水ちゃんが霊力のある狐だなんて知らなくて。妖狐は玉水ちゃんを殺さないと約束したんです。ただ、宮司さまと手を組みたいから、誘《おび》き出すための餌にしたいだけだって。それに、女の子は食わないとも……」

「妖の言葉を鵜呑みにするなどどうかしている。同じ付喪神として恥ずかしい」

それまで黙っていた抜丸が小ぎんを詰《なじ》る言葉を吐いた。

「まったくだ。狐ごときにしてやられおって。付喪神の風上にもおけぬ」

小烏丸も負けじとばかり声を張る。

「まことに、付喪神のご先達《せんだつ》を前に恥じ入るばかりでございます」

付喪神としての格は互いに分かるものなのか、小ぎんは両名に対しては身を縮めるようにしている。

「よろしい」

竜晴はこれを機に、声の調子と言葉遣いを改めた。

「付喪神たる小ぎん殿の依頼をお受けしよう。玉水と一助殿を助け出し、小ぎん殿の本体も取り返す。このままでは、小ぎん殿の命が妖狐に握られたも同じだからな」

「私のことはお捨ておきください」

小ぎんは小さく首を横に振った。

「ですが、玉水ちゃんと一助は必ず助けてください。お願いいたします」

それまで以上に必死に言う小ぎんに、竜晴はしっかりとうなずき返した。それから、部屋の隅にいる泰山へと目を向ける。

「小ぎん殿は本体と離れているため、おそらくは徐々に弱っていくだろう。それまでに本体を取り返せればいいが、万一の処置も講じてもらいたい」

「何をすればいい」

泰山が短く訊き返す。

「銀竜草を――すぐに服用できる生薬としての意だが――なるべくたくさん用意してほしい。小ぎん殿にはそれが最も効くはずだ」

「了解した。すぐに手配する」

泰山はきびきびと答えた。厳しさと緊張と――わずかばかりのよそよそしさがこもった声であった。

　その日、竜晴は朝も早いうちから寛永寺へ出向いた。小ぎんのことは泰山に任せ、小烏丸と抜丸を連れていくのはいつも通りだ。

　天海は朝の勤行を終えたばかりとのことであったが、すぐにいつもの部屋で対面してくれた。

「お早いな。一大事であろうか」

「はい」

　竜晴は余計なことは語らず、玉水が八尾の妖狐にさらわれたことを告げた。小ぎんと一助についても、小烏神社に現れた経緯《いきさつ》から今に至るまでのことをかいつまんで語る。

「町中で男たちが消息を絶つ案件は聞いていたが、八尾の妖狐が関わっておったか」

　天海の表情も厳しいものとなった。

「八尾の妖狐は、公方さまや伊勢殿を狙う恐れもございます」

　竜晴はもう一度注意を促した。

かつて尾の数が二本だった頃、妖狐は伊勢貞衡の養女であり、大奥に奉公していたお駒に取り憑いている。大奥を下がった今のお駒は貞衡の屋敷で奥女中として暮らしていた。

「今のところ、上さまの御身にはこれという問題は起きていない。ただし、上さまは八尾の狐を縁起のよいものと考えておられる」

「夢で御覧になった一件から相変わらずということですね」

「さよう。あれ以来、稲荷《いなり》社への寄進を熱心に行っておられるばかりか、先日は、大奥を下がったお駒殿のことをお聞きになられてな」

大奥にいた頃のお駒は将軍の目に留まることもなかったのだが、狐に憑かれて大奥を下がったことが将軍の耳に入ったという。

「上さまの狐への傾倒を知った誰かがお話ししたのであろう」

天海は不機嫌そうに言った。

将軍は、狐憑きとなったお駒に興味を抱いたという。そしてお駒が今も嫁入りせず伊勢家にいると知るや、再び大奥へ戻るよう手配いたせと言い出した。今度は中《ちゅう》臈《ろう》として迎え入れたいご意向で、そうなればお駒が将軍の寵愛を受けることはほぼ確実となる。

「ただし、春日局《かすがのつぼね》殿が狐憑きの娘などとんでもないとおっしゃっていて、今はそれ以上の話にはなっておらぬのだが……」

「伊勢殿やお駒殿ご自身は、どう言っておられるのですか」

「二人とも、もうそのような話を受ける気はないと聞いているが……」

「そうですか。一度狐に憑かれたからといって、狐憑きと決めつけるのはよくないでしょうが、ご本人にそのつもりがないのであれば、公方さまのおそばには上がらぬ方が賢明でしょうね」

と、竜晴は述べた。ただ、問題はお駒が大奥に戻るかどうかではなく、将軍が狐憑きの娘を大奥へ入れたいと考えたことの方だ。

「今のお話からは、公方さまが八尾の狐にいくらか心を操られているような危うさが感じられます」

「さようお思いになられるか」

天海は不安の色を強めて訊き返した。

「はい。ご存じの通り、八尾の狐は公方さまの夢に干渉できる恐れがあります。公方さまに気づかれぬようお心を操って、お駒殿が大奥へ上がるのを待ち、再びお駒殿に憑いてから、公方さまに牙を剥くつもりかもしれません」

小ぎんの話によれば、八尾の妖狐が求めているのは男の精気である。となれば、真に狙われる恐れが高いのは、女のお駒よりも将軍や貞衡の方であろう。

「伊勢殿には十分忠告しているが、今のお話も伝え、さらに用心を促しておこう」

天海は緊張した口ぶりで言った。

「よろしくお頼みいたします。私も伊勢殿のご身辺には注意しておきましょう」

いざとなれば、小鳥神社まで知らせに来てくれるアサマの姿を思い浮かべ、竜晴は言った。

「その上で、大僧正さまにお願いしたいことがございます」

竜晴は言い、天海への頼みごとを伝えた。天海は真剣な眼差しで聞き、「分かり申した」と力のこもった言葉を返す。それを機に、竜晴は天海のもとを辞した。

七章　神は小心を嗤う

一

暦が四月に入ったばかりの一日《ついたち》、衣替えが行われるさわやかな日の朝のこと。

旗本の伊勢家では、奥女中を務めるお駒が衣替えの後始末で忙しくしていたが、女中頭の常盤局《ときわのつぼね》から部屋へ来るようにと命じられた。

「お呼びでございましょうか」

頭を下げつつ、お駒は常盤局の傍らに座る美しい娘に目を留めていた。これまで屋敷の中で見たことのない娘である。

「こちらは、月藻《つくも》という。今日から奥へ奉公に上がったゆえ、そなたがいろいろと教えてやるように」

常盤局の指図により、お駒は月藻の世話係となった。

「よろしくお願いいたします」

月藻は丁寧に挨拶する。行儀作法などは身についているようだし、武家屋敷の佇《たたず》まいに怖気《おじけ》づいているふうでもない。まだ十六、七歳と見えるのに、妙に世慣れた風情があり、堂々としていた。

月藻にはお駒の仕事を手伝わせればよいというので、お駒は先ほどまで衣の整理をしていた部屋へ、月藻を連れていった。

「月藻殿は、前にどこかのお屋敷で奉公していたことがあるのですか」

改めて目の前に座った月藻に尋ねると、月藻は思わせぶりな目でお駒をじっと見つめてきた。目が合った瞬間、お駒は金縛りに遭ったような心地を覚えた。目をそらそうとしてもそらせない。瞬きもできない。このまま自分は月藻に呑み込まれてしまうのではないか。

自分でもわけの分からない恐れに見舞われ、お駒は凍りついた。

「あら、お駒殿。戻られたのね」

少し席を外していたらしい仲間の女中が、部屋へ戻ってきたのである。金縛りはすぐに解け、お駒ははっと我に返った。

「そちらは新しく入られた方？」

「はい。月藻と申します。お駒さまの下で学ばせていただくことになりました」

月藻は何事もなかったかのように、返事をしている。

「そうなの。常盤局さまのお指図でね」

と、お駒は声が震えていないことを祈りながら、仲間に言葉を返した。

「そう。人手が増えて助かりましたね。さ、まだ残っている綿抜きを終えてしまわなければ――」

仲間の女中は月藻を見ても、特に何も思わなかったようだ。お駒自身も常盤局の部屋では特に何も感じなかった。だが、二人きりで面と向かい合った後は、それまでのようには月藻を見ることができなくなった。

といって、どこがどう怖いのか、きちんと述べることは難しい。何かされたわけでもなく、目つきが怖いと訴えたところで、笑われてしまうだろう。金縛りに遭ったように思ったのも、勘違いと言われてしまえば返す言葉もない。

だが、月藻は何かがおかしい。妙な企みでも持って、この屋敷に乗り込んできた女なのではないか。お駒の内心には月藻への疑念が芽生えた。

それでも、月藻の世話係となった以上、彼女を遠ざけるわけにもいかない。お駒はなるべく月藻と二人きりにならないよう気をつけつつ、その動きに注意を払った。

翌日もお駒は月藻に仕事を教えながら過ごしていたが、昼も過ぎた頃、お駒と月藻は常盤局に呼び出された。

「今日からお殿さまのご装束のお世話は月藻がいたすように」

と、突然の命令である。月藻は「かしこまりました」とごく当たり前のように返事をした。

「何ゆえでございましょう」

お駒は納得がいかず、常盤局に訊き返した。

「私に、何か落ち度があったのでございましょうか」

「これは決まったことじゃ、そなたたちは命令に従っておればよい」

常盤局は不快そうに言葉を返す。

「お待ちください。お殿さまもご承知のことでございましょうか」

お駒はなおも取りすがった。

「無論のこと。ええい、仕事を一つ他の者に取られたくらいで見苦しい」

常盤局が刺々《とげとげ》しい声で言う。

驚きよりも、奇怪だという気持ちがお駒の中でふくらんだ。常盤局は厳しいところはあるにせよ、決して理不尽なことを言う女中頭ではなかった。それに、お駒はまがりなりにも当主の養女であり、かつては大奥に勤めていた身でもある。貞衡夫妻からも大事に扱われていたし、このように理不尽な形で仕事を奪われるなど、これまでならば考えられない。

(月藻殿が何かしたのではないか)

お駒は恐怖も忘れ、月藻に目を向けた。月藻は顔を伏せもせず、目上に当たるお駒を見つめ返してくる。その時、月藻の唇がにっと弧を描いた。お駒はあざ笑われたように感じた。

(やはり、月藻殿のしわざなのだ)

お駒は確信した。だが、どうやって常盤局の心を動かしたものか。そのことを思いめぐらしていると、

「お駒さまは再び大奥へ上がるお話を頂戴したのに、お断りしたそうですね。それで、お殿さまのご不興を買われたのではありませんか」

と、月藻が言ってきた。滑らかにうごめくその唇は、生々しい輝きを帯びた玉虫色をしている。美しいはずの紅が月藻の唇にのると、不気味に見えた。

「お殿さまは、気乗りしなければ無理に大奥へ上がらずともよいと、言ってくださいました」

「まあ、お駒さまったら。それをお殿さまのご本心とお思いなのですか」

わざとらしい嘲《あざけ》りのこもった月藻の声は、いちいち癪《しゃく》に障《さわ》る。

「そなたこそ、ご本心ではないと申すのですか」

お駒は月藻を睨み返した。

「ご自分の縁者が上さまのご寵愛を得ることを、望まぬ方などおりますまい」

「お殿さまは……」

違うと言い切ることはできなかった。確かに、貞衡は大奥を追い出された狐憑きのお駒を引き取り、面倒を見てくれた。やがては貞衡の養女として嫁に行けばよいとも言ってくれている。

そんな貞衡に、お駒は深く感謝していた。大奥を追われたことも、かえってよかったのかもしれないとさえ思っていた。

だが、その貞衡が本心では、お駒を厄介なお荷物だと考えていたならば――。大奥へ戻る意向の問い合わせがあった際、本心では大奥に戻ってほしいと望んでいたならば――。

「大奥へ上がるつもりもない養女など、養う甲斐のない厄介者ですわ。お殿さまとてそうお思いなのでございますよ。いい加減、ご自分のお立場にお気づきになられたらよろしいのに」

月藻が容赦のない言葉をぶつけてくる。まるで、どう言えばお駒が最も傷つくか、よく分かっているかのようであった。

だが、この時、ふとおかしなことに気がついた。お駒が再びの大奥入りを拒んだ話を、どうして月藻が知っているのだろう。

昨日、屋敷へ上がってから、誰かに聞いたのだろうか。だが、お駒がかつて大奥にいた話ならともかく、再度の大奥入りを拒んだ話はごく一部の者しか知らないはずだ。その上、お駒はずっと月藻から目を離さなかったというのに。

（まさか、常盤局さまがしゃべったとも思えないけれど……）

と思いつつ、常盤局の顔色をうかがったお駒は違和感を覚えた。いつもより精彩を欠き、眼差しが暗い。顔はお駒や月藻に向けられているが、二人を見てはおらず、あらぬところを見つめているようだ。

「常盤局さ……ま」

お駒は底知れぬ恐怖を覚えつつ茫然と呟いた。すると、「月藻よ」と常盤局の口が急に開いた。

「早う、お殿さまのところへ行きなさい。これまでお駒が果たしていた仕事はすべて、そなたの役目となったのだから——」

どこか上滑りしているような、まるで誰かから渡された文章を読んでいるような物言いに聞こえる。

「かしこまりました、常盤局さま」

月藻は浮かれた調子で返事をすると、一礼して立ち上がり、部屋を出ていく。お駒は見送るしかできなかったが、

「本当によろしいのですか。昨日奉公に上がったばかりの者に、お殿さまのお召し物を任せるなど……」

どうしても言わずにはおれなかった。最後の抗議のつもりで、膝を常盤局の方へ

進めたが、その瞬間、ぎょっとなった。常盤局の表情が強張り、その唇からは涎《よだれ》が垂れている。目は先ほどよりも虚《うつ》ろであった。

「常盤局さま、どうなさったのでございます」

お駒は急いで常盤局のそばに寄った。手を差し伸べたとたん、常盤局の上半身がぐらっとふらついたので、慌ててその身を支える。

「誰か。誰か来てください。常盤局さまのお加減が――」

お駒は部屋の外へ向けて、声を張り上げた。

「月藻……つくも……」

常盤局は月藻の名をぶつぶつと呟き続けている。お駒に体を支えられていることも分からぬようで、はっきりとした意識を保ってはいなかった。

二

同じ四月二日の夕七つ時（午後四時頃）、一人の客が小烏神社に現れた。その客が息せき切って玄関口へ走り込んできた時にはもう、竜晴は玄関の戸を開けていた。

「こ、これは宮司殿……」

息を切らせながら目を瞠っている若い侍を、竜晴はじっと見つめた。

「あなたは伊勢殿のお屋敷の……確か牧田《まきた》殿とおっしゃいましたか」

「覚えていてくださいましたか」

牧田は明るい目をした。乱れていた息も徐々に整いつつある。

かつて伊勢貞衡が悪夢に悩まされた折、竜晴が貘《ばく》の札を用意したことがあり、牧田はそれを受け取りに来た際、竜晴と顔見知りになった。その後も、竜晴が貞衡の屋敷へ出向いた折、何度か顔を合わせている。

「どうかなさいましたか。伊勢殿の御身に何か」

竜晴が促すと、牧田はすぐに厳しい顔つきになってうなずいた。

「実は、昨日、屋敷へ奉公に上がった女中が曲者《くせもの》だと、お駒殿が申すのです。すぐに上野の小鳥神社へ行き、宮司殿に事の次第を知らせてほしいと頼まれまして」

「お駒殿からですか。伊勢殿ではなく？」

「はい。お駒殿の言葉によれば、殿および数名の者たちが曲者の女中に心を操られ、正気を失った状態だとか。そやつは妖なのでしょうか。どうして、我が殿は幾度となく、わけの分からぬものから付け狙われるのでございましょう」

最後は、竜晴に取りすがらんばかりの口ぶりになって、牧田は言う。

「伊勢殿がよからぬものに狙われるのは、ご家臣としては理不尽でございましょう。しかし、伊勢殿にはそれだけの力がおありということ。その力は、妖どもを打ち滅ぼすために使われるべきです。伊勢殿をお信じください。あの方はこれまで幾度となく危機を乗り越えてこられたのですから」

竜晴が説き聞かせるように言うと、牧田は落ち着きを取り戻したようであった。

「これは、とんだ見苦しいところを……。申し訳ない」

恥じ入るように言うと、お駒から聞いているという状況をかいつまんで話し出した。

「昨日、月藻という女中が屋敷へ奉公に上がりました。この者が女中頭を操って、殿のお召し替えの介添え役になり、おそばへ近付いたのが事の発端です」

その際、月藻は貞衡に「私をお殿さまの養女にして大奥へ上げてください」と願い出たという。もともと大奥入りの話はお駒に対してもたらされたものであったが、お駒が断ったので、自分がそれに成り代わりたいと言ったのだ。通常ならば受け容れられるはずのない話だが、貞衡はそれを承知したという。

「お駒殿は心配になって殿のお部屋へ参ったところ、その話を聞きつけたそうです。そこで、殿に再考を迫ったのですが、もはや月藻に操られているご様子で、話は通じなかったとのこと」

お駒はとにかくその場から逃げ出し、牧田に小鳥神社へ向かってほしいと頼んだそうだ。

「お駒殿は、今も伊勢殿のお屋敷にいるのですか」

「はい。殿が心配だから、なるべくおそばにいたいと申しておりました。あまり無茶をしないようにと忠告はしてきたのですが……」

牧田はお駒の身を案じているようであった。

「分かりました。すぐにお屋敷へ伺いましょう。ただし、支度もありますので、牧田殿は先にお戻りください」

竜晴の言葉に牧田は深くうなずき、玄関口から踵を返した。竜晴が居間へ引き返すと、そこには、小ぎんが不安そうな顔つきでちょこんと座っていた。目は合ったものの、声はかけず、竜晴はそのまま縁側へと出る。

「小烏丸よ」

すでに目の前の地面に降り立っていたカラスの付喪神に告げた。

「話は聞いていただろう。お前はすぐに伊勢殿の屋敷へ行き、伊勢殿とお駒という女中を守ってくれ」

「分かった」

小烏丸がすぐに答える。

「伊勢家を襲っているのは八尾の妖狐だろう。おそらく今は人間の女の格好をしている」

「うむ。奴のことはすぐに見破れる」

「分かっていると思うが、身一つで妖狐を倒そうなどと思うな。奴は強い力を持っている」

「それは承知している。もちろん伊勢家のお侍と女中も守る」

「よし。では、先に行け」

竜晴はそれから縁側の下から鎌首を出している抜丸に、「お前は人の姿で私についてくるように」と告げ、人型にする呪を唱えた。その時、

いる。

と、背後から切羽詰まった声がかけられた。振り返ると、小ぎんが立ち上がって

「宮司さまっ」

「八尾の狐を退治しに行くんですね。どうか、私もお連れください」

「退治するとは請け合えぬ。今、優先されるべきは奴に狙われたお侍を救うことゆえ」

「では、私にもその方を救う手助けをさせてください」

小ぎんはあきらめることなく訴えた。

「そなたは本体と離れてしばらく経つはず。危ない場所へ行っても大事ないのか」

「まだ平気です」

と、小ぎんは顔を上げて言った。

「平気なうちに、少しでもお役に立ちたいのです」

「よろしい」

小ぎんの必死の眼差しに、竜晴はうなずいた。

「では、すぐに役に立ってもらうとしよう」

竜晴は抜丸をそばへ招き寄せると、「一緒に聞いてくれ」と告げた。

「玉水と一助殿はおそらく妖狐の中に取り込まれている。だが、人間と違って、霊力を持つ彼らはそれで消滅したりはしない。ゆえに、彼らの魂の核を呼び覚ますきっかけがほしいのだ。つまりは、玉水や一助殿の心を最も揺り動かす何か。目に見えぬ類のものではなく、手で触れられるものが望ましい」

人型の抜丸が「玉水の心ですか」と顎に指を当てて考え込む。

「玉水の心をいちばん揺さぶるのは、あやつが『姫さま』と呼ぶかつての女主人と思われます。今でも、折に触れて口にしていましたから。ですが、手で触れられるものではありませんね」

さらに考え込もうとする抜丸に、竜晴は「よし」と声を上げた。

「玉水と姫のことを書いた『御伽草子』がある。その本であれば、玉水の心を揺さぶれるだろう」

竜晴の言葉に、抜丸は「さすがは竜晴さま」と表情を明るくする。

「玉水はよく『御伽草子』を眺めておりましたし、今ではただ一つの姫との縁《よすが》だと思います」

竜晴は抜丸にすぐ『御伽草子』を用意するよう告げると、今度は小ぎんに向き直った。小ぎんは思案する様子でゆっくりと口を開く。

「一助にとって大切なものは、お姉さまをおいて他にありません。でも、お姉さまの持ち物で残っているのは、私の本体くらいです」

「だが、そなたの本体は八尾の妖狐に奪われたまま。他に、おぎん殿を偲《しの》ばせるものはないのか。別におぎん殿の持ち物でなくてもよい」

「持ち物でなくてもよいのなら……銀竜草はどうですか。お姉さまに銀竜草のことを教えたのは一助なんです」

小ぎんの言葉に、竜晴は「なるほど」と呟いた。

「おぎん殿が好きだった草。おぎん殿の名も入っている。それならば十分に用を果たすだろう」

銀竜草ならば、先日、おいちが持ってきたものがある。竜晴が箪笥の引き出しからそれを取り出した時には、抜丸も『御伽草子』を用意していた。

竜晴は往診に出かけている泰山へ書き置きをしたためると、

「では、参ろう」

と、立ち上がった。

小ぎんは人の目に見えるので、いつものように人間として振る舞ってもらい、途中で二人分の駕籠《かご》を拾う。一方、人の目に見えぬ抜丸は駕籠の速度に遅れることなく、しっかりついてきた。

やがて、日暮れ前に、竜晴たちは神田にある伊勢家の屋敷前に到着した。屋敷は外からでも分かるほど重苦しい妖気に包まれていた。


玉水は薄暗いところにいた。今自分がどこにいるのか分からない。だが、居心地のよくない場所であることは分かった。全身の毛が逆立ちそうだ。

手の甲を見ると褐色の毛に覆われていて、狐の姿だと分かる。ごそごそと後ろを探ると、尻尾もちゃんとついていた。薄汚れて乱れた尻尾の毛並みを整えていたら、何ともいえず悲しくなって、玉水はぽろりと涙をこぼした。

最初の一粒がこぼれ落ちると、あとはもう雨のように涙がとめどなく流れてくる。

「えーん、えーん」

玉水は声を上げて泣いた。

「誰か、助けてくださーい。宮司さまあ、小烏丸さーん、抜丸さーん。皆さんにお会いしたいですよう」

玉水は泣きながら、助けを求めた。頼もしい小烏神社の皆がきっと助けにきてくれる。そう信じたい気持ちが半分、神社を飛び出した挙句、無様にとらわれた自分は見捨てられるのではないかと恐れる気持ちが半分。

——玉水よ。

そのうち、玉水は懐かしい声を聞いた。誰よりも頼もしく、むしゃぶり付きたいほど大好きな竜晴の声。

「宮司さまっ！」

玉水は立ち上がって声を張り上げた。

だが、周囲を見回しても、竜晴の姿はない。

——玉水よ。おぬしは目を離したらすぐにこれだ。

「抜丸さんっ」

——我のそばを離れるなと、あれほど言い聞かせたではないか。

「小烏丸さんっ」

耳に馴染んだ付喪神たちの声も聞こえるのに、なぜかその姿は見えない。

「皆さーん、どこにいるんですか。姿を見せてください。また私を独りぼっちにしないでください。独りぼっちはもう嫌なんです」

玉水は泣きじゃくりながら訴えた。右を向き、左を向き、振り返っては呼びかける。

――それだから、お前は駄目だというのだ。

突然、竜晴の厳しい声がした。

――まったく。こんな役立たずの子狐めは、さっさと追い出してしまいましょう、竜晴さま。

――やはりおぬしには荷が重すぎたようだな。我ら付喪神と共に生きることは叶わん。

「どうして、そんなことを言うんですか。宮司さまも抜丸さんも小烏丸さんも、私と一緒にいるのがそんなに嫌だったんですか。私は皆さんにとって厄介者だったんですかあ」

――厄介者でないとでも思っていたのか？　まったくおめでたい奴め。

——おぬしが相応に成長するのであれば、こうは言わん。だが、おぬしはいつまでも子供で困る。

「そんなこと言わないでください、抜丸さん、小烏丸さん。私だってお二方みたいになりたいんです。宮司さまのお手伝いがちゃんとできるようになって……」

——玉水よ、残念だがお前にそれは無理だ。

最後に断を下すかのような竜晴の冷たい声——。

玉水はうわーんと声を放って泣いた。もう誰の声も聞こえてはこなかった。


一助もまた、玉水と同じように薄暗いどこことも知れぬ場所にいた。周囲を見回しても、目につくものはなく、ただ薄気味悪さだけが募ってくる。

小ぎんを助けようと、妖狐に跳びかかっていったところまでは覚えているが、その後の記憶はなかった。自分が無事であったとは思えないから、ここは妖狐の力が及ぶどこかということだろうか。

もとより自分は死んだ身。八尾の狐に何かされたからといって、極楽浄土へ赴くとか、地獄へ落とされるということもないだろう。

ここがどこであろうと、かまいはしない。小ぎんさえ――おぎんが大切にしていたあの人形の付喪神さえ、無事であるのならば――。

だが、小ぎんが無事であるかどうか、確かめる術はない。かつて賊に襲われた時、おぎんを先に逃がしはしたものの、賊になぶり殺された自分には、おぎんの無事を確かめられなかったように――。

今の世に、おぎんはもう生きてはいない。人はいつかは死ぬものなのだから、それはいい。

だが、おぎんが賊の手に落ちることなく、無事に逃げ延び、安らかな生涯を過ごしたということが知りたかった。それだけ分かったら、自分はあっさり往生することができたはずなのだ。

それなのに、霊となった一助がどれだけ懸命に捜そうとも、おぎんの消息は分からなかった。養家に帰ることもなければ、近くの土地に現れた気配もない。

重い怪我を負ったり、記憶を失ったり、よんどころない事情があるのかと、山中は無論、その周辺を隈なく捜し回ったが、おぎんの姿は影も形もなかった。

（やはり――）

何度となく、思い浮かべては打ち消した言葉がある。

（おぎん殿はあの時、死んでしまったのだろうか）

逃げる途中、不慮の事故で命を落としたか、賊の手につかまって殺されたか、あるいはもっと悲惨な目に遭った挙句、死を迎えたか。

――そうよ。やっと分かったの。

「おぎん殿？　そなたはおぎん殿なのか、本当に――？」

周囲を見回したが、おぎんの姿はない。だが、まぎれもないおぎんの声はその後も一助の耳に流れ込んできた。

――弱くて役立たずの男。刀だって持たせてもらっていたくせに、許婚一人守れないなんて。

「おぎん殿、私を恨んでいるのか」

――そうよ。だって、私は助けてもらえなかった。

「すまない。私が弱いばかりに……」

――弱いのは腕の力だけじゃない。剣の腕前でもない。あなたが本当に弱いのは心よ。

「どういうことだ」

——あなたはあの時、気づいていたはずよ。少しばかり逃げたところで、もう助からないって。だったら、どうして最後まで一緒にいてくれなかったの。いざという時はあなたの手で殺してほしかった。そうすれば、私はあんな賊どもに辱《はずかし》められることも殺されることも……。

「うわあー」

一助はおぎんの言葉を遮るように叫び声を放った。もう何も聞きたくない。それ以上は言わないでくれ。胸が焼かれるほどの苦しい思いに、一助は声にならぬ叫びを放ち続けた。

三

竜晴は伊勢家の屋敷地の中へ入ると、かつて通った道をたどって貞衡の部屋へと向かった。

八尾の妖狐によって、幾人かは心を操られていると聞いているが、もちろんまと

もな人たちもいる。門番に始まり、侍やら中間《ちゅうげん》やらから声をかけられることはあったが、

「伊勢殿にお招きされましたので。案内はご無用」

とだけ言い、竜晴は先を急いだ。

人に尋ねて事情を説明するより、庭伝いに奥向きまで行き、先行している小烏丸と合流した方が早く貞衡のもとへたどり着けるはずだ。

かつて竜晴たちが捕らえた木霊《こだま》の宿る樅《もみ》の木は、ちゃんと前と同じ場所に立っている。竜晴がちらと目をやると、風もないのにさわさわと木の葉が揺れた。だが、今はゆっくり樅の木を眺めている暇もなく、そのまま進んでいく。

その樅の木を通り越した頃、

「竜晴よ」

と、空から小烏丸が舞い降りてきて、竜晴の右腕にとまった。

「伊勢家のお侍は前と同じ部屋にいる。今はアサマがそばについている」

アサマとは、小烏丸がこちらへ向かう空で遭遇したそうだ。アサマは小烏神社へ急行しようとしていたが、竜晴がすでに対処に動いていると知り、取って返すこと

になった。前の時と同じく、貞衡の部屋へ入り込むため、庭先から障子を破って突撃したそうだが、まあ、伊勢家の人はさほど驚くまい。

「そうか。では、伊勢殿とアサマのもとへ急ごう」

竜晴は小烏丸を腕にのせ、さらに進んだ。

見覚えのある庭へ出ると、屋内の惨状が見て取れる。障子の残骸が散らばった部屋の中に、貞衡と女が二人、それにアサマがいた。見覚えのあるお駒は貞衡の近くで短刀を手にしている。一方、妖狐が化けた女は貞衡にしなだれかかり、その前は、アサマが威嚇《いかく》するように羽を広げていた。

「宮司殿！」

アサマが高らかに鳴いた。

「おのれ、妖狐め。宮司殿がお越しくださったからには、もはやおぬしに勝ち目はないぞ」

アサマの脅しに、女はふふっと冷たい笑い声を漏らした。その時、漏れ出た妖気は紛れもなく、竜晴がかつて対峙した妖狐のものであったが、かつてよりも強力になっている。

「アサマよ。よくぞ伊勢殿を守ってくれた。あとは私に任せてくれるがよい」

竜晴は縁側から壊れた障子を開けて、部屋の中へ入り、狐が化けた女の前に進み出た。

「この男はすでにわらわの手中にある。わらわに手を出せば、この男も無事ではいられまいが、よいのか」

女がくくくっと陰にこもった声で笑う。

「我が主をどうするつもりだ」

「そのお侍から離れよ、痴れ者め！」

アサマと小烏丸がたちまち憤慨の声を上げる。

「挑発に乗るな」

竜晴は二柱の付喪神に注意した。「申し訳ない」「すまぬ」と付喪神たちから口々に詫びの言葉が漏れる。静かになったところで、竜晴はお駒に後ろへ下がるよう言い、さらに女との間合いを詰めた。

「さて、おぬしが妖狐であることは分かっている。かつては二尾であったが、今は八尾になったようだな。その上、人間の女に化けて、好き勝手なことをしてくれたようではないか」

「人間の女に憑くのもよいが、化けるのはわらわが得意とするところ。男どもはわらわの美しさの虜《とりこ》となり、贄《にえ》となってくれたぞ」

「伊勢家に乗り込んだのは、そのつてで再び大奥へ上がるためか」

「ほほ、前はそこなる女子《おなご》に憑いてやったが、とんと役立たず。上さまのお目に留まることもならず、追い出されるとは……」

女はお駒にちらと目をくれ、底意地悪く笑ってみせる。

「ゆえに、今度はわらわ自身が化けて、大奥へ上がることにしたのじゃ。幸い、わらわが養父殿も承知のこと」

「お殿さまは承知などしておられぬ。お前がお殿さまに怪しげな術をかけ、無理に承知させたのではないか」

お駒が黙っていられぬという様子で口を挟んだ。

「うるさい」

女がお駒に鋭い眼差しを向けると、お駒は小さな叫び声を上げ、その場に膝をついた。幸い、意識を失ったり、怪我を負ったりはしていないようだ。それを確かめると、竜晴は付喪神たちにお駒のそばについているよう指示し、再び女に向き直った。

「おぬし、月藻とは図々しい名を名乗ったものだな。かつての玉藻にちなんだつもりか」

遠い昔、妖狐は玉藻の前という名で宮中に出入りし、鳥羽上皇に寵愛されたと伝わっている。玉藻はやがて鳥羽上皇の心身を弱らせ、正体を暴かれた末に逃走した。最後は那須野で討伐され、殺生石となるのだが、時が経つにつれ、実際に鳥羽上皇に寵愛された美福門院《びふくもんいん》とこの玉藻が混同されるようになる。美福門院の正体は妖狐だった、などという荒唐無稽な話が生まれたのは、美福門院の受けた寵愛が並々ならぬものだったからだ。

無論、美福門院は近衛《このえ》天皇の母であり、まぎれもなく都で亡くなっているので、妖狐とは関わりなどない。この美福門院を慕っていたのが、当時は野に棲むふつうの狐だった玉水なわけで、妖狐と玉水との因縁はそんなところにもあった。

「この国の王を魅了するにふさわしき名ではないかえ」

女は唇の端を持ち上げて笑った。

「これ以上、おぬしの好きにはさせぬ」

竜晴は言うなり、懐から取り出したものを、女に向かって投げつけた。『御伽草子』と銀竜草である。すかさず、印を結んで呪を唱える。

輝ける光の一矢、地を焼きて、無明《むみょう》の闇を一掃せん
オン、ソリヤハラバヤ、ソワカ

「グオォー」

女の口から、人間のものとは思えぬ咆哮《ほうこう》が上がる。苦しみ始めた女の姿は竜晴の呪が終わるとほぼ同時に、八尾の狐に戻っていた。本性を現してさらに激しくのたうち回る妖狐に向かい、竜晴は声を放つ。

「玉水、一助殿。目を覚ませ」

八尾の狐の咆哮にも打ち消されることなく、竜晴の声は朗々と響き渡った。

声を上げて泣き続ける玉水の目は、もはや何も映していない。先ほどまで薄暗くはあったものの、物の輪郭を見極められるほどの明るさはあったその場所は、まるで玉水の心と呼応するかのように真っ暗になっていた。

途中でそのことに気づいたものの、玉水の心はもう動かなかった。驚きや恐怖もなければ、どうしようという気にもならない。ただ、誰も来てくれないこの場所で、涙が涸《か》れるまで泣き続け、それで終わり——。

そう考えていた玉水の心に変化が起きたのは、真っ暗な闇の中に一点の白い光を見つけた時であった。それは、夜空に輝くただ一つの星のように輝いていた。

目に留まると、近付かずにはいられなくなり、立ち上がって歩き始めた時には泣くことも忘れていた。

足もとは暗かったが、見えなくても不安はなかったし、何かに歩行を遮られることもなかった。いつしか玉水は四つ足で走り出していた。

やがて、光のもとにある影が人の姿であることが明らかになった。玉水は自分でも理由の分からぬ昂奮に突き動かされ、さらに速度を上げる。

「姫さまっ！」

そこにいたのは、玉水の記憶にある在りし日の「姫さま」であった。

「本当に、姫さまですか」

「そうですよ、玉水。久しぶりですこと」

玉水は思わず自分の手を見つめた。狐の毛が生えている。あろうことか、四つ足で立っている。それでも姫は玉水であることを見抜き、獣の身を蔑《さげす》むわけではなかった。

「今、あなたが暮らす世の陰陽師の力を借りて、ここへ来たのです。まずは、これをあなたに渡さなければいけません」

そう言って、姫は玉水に人形を差し出した。

「これは……」

人形に手を差し伸べた時、玉水は自分でも気づかぬうちに、いつもの人間の姿へ変身を遂げていた。

「大事なものなのでしょう?」

「これは、小ぎんちゃんの……」

小ぎんの本体の人形であった。八尾の妖狐に奪われたそれを、なぜか姫が取り戻してくれていたらしい。

「時があまりありません。でも、これだけはあなたに言っておきたいの。あなたはかつてわたくしに迷惑をかけまいと考え、自ら姿を消してしまいました。その気持ちはありがたく思っています。わたくしは人の世の女として、これ以上はない幸いとされる后《きさき》になれたのですもの」

姫は優しい声で語り続けた。その懐かしい声を聞いているだけで、玉水は仕合せな気持ちになれる。

「ですが、あの時、あなたには一人で抱え込まず打ち明けてほしかったとも思います。あなたの正体が狐だと知ったわたくしが、あなたをそばから追い払うと思ったのですか。あなたを忌まわしく思い、態度を変えるとでも――？　わたくしにとって、あなたはいつまでも大切なそば仕え。そんなふうに扱ったりするものですか」

「姫さま……」

「玉水、あなたに必要なのは勇気を出すこと。人から拒絶されることを恐れてはいけません。その人が大切なら、たとえ拒絶されてもまた踏み出せばよいではありませんか。あなたが手を差し伸べ続ければ、その思いはいつかきっと――」

「姫さまあ」

玉水は姫のもとへと駆け寄った。姫を包む光がふわっと広がり、玉水の体を包み込む。玉水は体の中に温かいものが流れ込んでくるように感じた。

どれだけの間、獣のような叫び声を上げ続けていたものか。我に返った時、一助の周りは真っ暗な闇に包まれていた。辺りが闇に落ちたのか、それとも自分の目が見えなくなったのか。

おぎんの声は――一助を責め立てるおぎんの声はもう聞こえなくなっていた。ほっと安堵する反面、ぽっかりと心に穴の空いたような寂しさを覚えた。

たった一声でよいから、もう一度聞きたいと思っていた愛しいおぎんの声――。その願いがやっと叶ったというのに、自分はおぎんの声を呪わしく思い、聞きたくないと思ってしまったのだ。

たとえどんなに責められたところで、仕方がない。自分はおぎんを助けられなかったのだから。それなのに、どうして彼女の非難を受け容れ、その心を少しでも安らかにしてやれなかったのだろう。

「これだから、私は弱いと言われるのだな」

自嘲気味に呟いた声が、自分のものでないように聞こえ、そのまま闇に吸われていく。何も見えず、自分の声より他に何も聞こえぬここで、自分は朽ち果てていくのだろうか。いや、朽ち果てるのならば、終わりがあるということだが、そもそも終わりがあるのか。朽ち果てることもできず、未来永劫、この闇の中に閉じ込められるのだとしたら——。

恐ろしいことを想像しかけたその時、

「一助殿」

自分を呼ぶ声を聞いた気がして、一助は顔を上げた。すると、何も見えなかった闇の彼方に、小さな白い光が見える。

「おぎん殿か」

一助は白い光に向けて走り出した。そこにおぎんがいると、わけもなく信じて。

近付くにつれ、白い光は大きくなってきた。一助が光に近付いたからではなく、光そのものが強くなってきているように見えた。そして、その光に包まれるように立っていたのは——。

「おぎん殿っ！」

一助が長い年月の中、誰よりも会いたいと望んできた人に他ならなかった。

「すまない。私はそなたを守り切れなかった……」

「何を言っているの。あなたは私を逃がしてくれたではありませんか。自分を犠牲にして、私を守ってくれたのです」

おぎんは一助がよく知る柔らかな笑顔で言った。

「だが、そなたは家に戻らなかった。霊となって山中をさすらってみても、そなたの行方は分からずじまい。それゆえ、あの後、ほどなくして亡くなったのだろうかと――」

おぎんは一助の頬に手を添えると、優しい声で語り続けた。

「あの時、あなたは私を助けてくれたけれど、私は一人で生きていけるほど強くはなかったの。弱かったのはあなたじゃなくて、私の方よ。何とか人里へ逃げ延びたものの、無残に殺されたあなたの亡骸《なきがら》を見たら、怖くて悲しくて……。養家に戻ったところで私は一人。私をあのつらい境遇から救い出してくれるあなたはもういない。そう思うと、心が真っ暗になってしまったの。養家へは戻らず、故郷へ引き返して自ら命を絶ちました。彼岸であなたと再会することだけを信じて」

「自ら命を絶った……」

「はい。でも、死んだはずのあなたは彼岸にいなかった。この世に残ったあなたはずっと、小ぎんを守ってくれていたのですね。私の大切な妹の小ぎんを――」

「だが、その小ぎんを危ない目に遭わせてしまった……。私が弱いせいだ」

「それは違うわ。あなたは小ぎんをしっかり守ってくれた。あの子は無事です。でも、そばに付いて、あの子の言いなりになるだけが、あの子を守ることではないでしょう？」

「それは……」

「あの子はもう真実が分かっている。いいえ、初めから分かっていたのに、それを受け止めるのを恐れていただけ。あなたも小ぎんが傷つくのを恐れていた。でも、真実を隠し続けるのは優しさではないわ。勇気を出して。あなたも小ぎんも――」

「おぎん殿――」

おぎんに手を触れられた頰の辺りからほんのりと熱が伝わってくる。温かなものが全身を覆い、一助は腹の底から力が湧いてくる感覚に包まれた。

その瞬間、玉水と一助は同時に竜晴の姿を見ていた。いつしか目の前にいたはずの大切な人の姿は消えている。

「玉水、そして一助殿。そなたたちはかつて大切な人のために、我が身を犠牲にした。そして今、小ぎんを助けたいと願っている。一方で、小ぎんが真実を知って傷つくことを恐れ、そこを妖狐に付け込まれたのだ。だが、今は何が大切か、分かっているはず」

玉水は姫の言葉を、一助はおぎんの言葉をそれぞれ思い返し、深くうなずいた。

「悪事も一言、善事も一言。一言で言い離《はな》つ神、葛城《かつらぎ》の一言主《ひとことぬし》」

竜晴の言葉が朗々と響き、玉水と一助の心に流れ込む。

「覚えておくがいい。神は小心を嗤《わら》う」

印を結んだ竜晴の指先から、強い光が放たれ、玉水と一助の体目がけて飛んだ。

次の瞬間、玉水と一助はその光に包み込まれていた。

八章　今さらさらに思い草

一

　竜晴が呪を唱え、指先から放たれた光は八尾の妖狐に向かって飛んだ。一条の光はそのまま妖狐の体に吸い込まれたが、一瞬の後、今度は妖狐の中から二筋の光が飛び出してくる。

　それぞれの光の帯には玉水と一助がいた。ふわっと綿のように広がった二つの光は、玉水と一助を竜晴の脇まで運ぶと、あっという間に消えてしまった。

「皆、両名を頼む」

　竜晴は八尾の妖狐から目をそらさずに言う。人型の抜丸と小ぎんがすぐに玉水と一助を抱え、小烏丸とアサマは竜晴と同じく、敵を睨み付けていた。

「おのれ、一度ならず二度までも、このわらわの邪魔をするとは――」

妖狐は大きく裂けた口から呪いの言葉を吐いた。竜晴は油断なく身構えつつ、すぐに術を行使できるよう印を結び続けている。

この時、妖狐の隙を衝き、お駒が貞衡の身を部屋の隅へ移していた。玉水たちが解き放たれた際、妖狐の術も弱まり、貞衡も動けるようになっていたようだ。

妖狐はそれに気づくと、ちっと舌打ちし、お駒にも憎悪の目を向けた。

「人間の女ごときにしてやられるとは、まだまだ男の精気が足りぬ。おのれ、次はこうはいかぬぞえ」

八尾の妖狐はそう吐き捨てると、禍々しい火の玉に変じた。暗赤色の燃える火の玉はあっという間に空の彼方へ飛んでいく。

竜晴はその後を追って縁側へ飛び出し、火の玉の行方を目で追った。

尾を引きながら飛んでいく方角は南西。そちらにあるのは千代田《ちよだ》の城の大手門《おおてもん》である。

（なるほど、そういうことか）

竜晴は内心で呟き、部屋へ戻った。玉水は抜丸に、一助は小ぎんに抱えられていたが、意識はまだ朦朧《もうろう》としている。一方、貞衡は妖狐が消えたことで魅了も解けたのか、意識はしっかりしているようだ。

「これは、いったいどういうことだ」

魅了されていた時の記憶はあいまいなようで、傍らのお駒に事情を尋ねている。

貞衡の相手はお駒に任せ、竜晴は玉水と一助の近くへ行った。

「一助、一助、しっかりして」

小ぎんは懸命に呼びかけていた。抜丸は静かに玉水の様子を見守っている。その玉水は小ぎんの本体である人形を両腕でしっかりと抱きかかえていた。

「おお、大切なものを取り返してきたのだな」

竜晴の言葉に、抜丸が「こやつにしてはなかなかよくやりました」と応じた。

「玉水ちゃん……」

小ぎんが涙ぐんだ声で言う。

「玉水も一助殿ももう大事あるまい。完全に妖狐に取り込まれる前に助け出せたからな」

「まったく、玉水には竜晴さまのお蔭で救われたことを、魂の底まで刻み込んでやりませんと」

抜丸が厳しい口ぶりで言いながらも、玉水の頭にそっと手をやり、よしよしと軽く撫でている。

「お前にしてはめずらしいことをするものだな」

「玉水がおいちや獅子王にやっていましたので、そうされれば嬉しいのかと――」

そんなことを話しながら、玉水と一助の回復を待つうち、「殿、失礼いたします」と廊下側の襖の向こうから声がかけられた。

「入るがよい」

貞衡が応じ、襖が開いた。

「医者の立花先生がご面会を求めておいでですが……」

女中が告げた言葉に、付喪神たちがわっと色めき立った。かつて泰山の治療を受けたことのある貞衡も表情を明るくする。

「すぐにお通しせよ」

その言葉に従い、泰山はすぐに部屋へ通されてきた。

「これは……」

部屋の惨状に一瞬驚きの色を見せたものの、介抱すべき者はどこだと、すぐに医者の目つきになる。

「まずは、伊勢殿とお駒殿を診て差し上げてくれ。妖狐の毒気に中《あ》てられたかもしれない」

竜晴が言い、泰山はすぐにその言葉に従った。

とはいえ、貞衡もお駒も意識はしっかりしており、問診と脈診で特に治療の必要はないという。その後、泰山は薬箱を下げて、玉水と一助のもとへやって来た。

「この両名は八尾の妖狐の体内に取り込まれ、救い出した時には意識を失くしていた。人ではないので大事あるまいが、疲労と消耗が激しいようだ。妖狐が言うところでは男の精気を集めていたようだから、両名も精気を吸われたと見える」

竜晴はいつもと変わらぬ様子で淡々と述べた。

「人でないものの治療か」

泰山は少し考え込む。

「医者先生ならば問題あるまい。何せ我とアサマを治したのだからな」

と、小烏丸が言い、アサマとうなずき合っている。

「精気を回復させるためなら、いろいろあるが、銀竜草もその一つだ。手持ちがあるから処方しよう」

　泰山は言い、貞衡に断って薬を煎じるために台所へと向かった。それから竜晴はお駒を休ませるよう貞衡に勧め、お駒が部屋を下がるのを待って、貞衡に事情を語り明かした。

　小烏神社に現れた小ぎんと一助の依頼から始まり、八尾の妖狐に騙された小ぎんを助けるべく、玉水と一助が妖狐に捕らわれたこと、また江戸の町の男たちが姿を消したのは八尾の妖狐のしわざであったことなどを、簡潔に語っていく。

「つまり、男たちを食らって力を得た八尾の妖狐が、いよいよ御城の大奥へ入り込もうと、それがしを狙ったというわけでしたか」

　貞衡はさすがに妖や怪異に慣れていたから、さほど驚きもせず竜晴の話を受け容れた。それでも、目の前にいる小ぎんが実は人形の付喪神で、一助が幽霊で、玉水が気狐であることには驚きを隠せずにいる。

「それと、確かそこのカラスは宮司殿の付喪神でしたな。術をかけていただいたにもかかわらず、それがしにはその言葉が聞き取れませなんだが」

「今はどうでしょうか」

術は解いていないので発動したままの状態である。竜晴が目を向けて合図すると、小烏丸が戸惑いの色を目に浮かべつつ、

「あー、伊勢家のお侍よ。いつもアサマには世話になっている」

と、いささか照れ気味に挨拶した。しかし、貞衡は困惑気味の表情で、

「カラスの鳴き声にしか聞こえぬが……」

と、言うばかりである。

「では、ここに小ぎん殿と一助殿、それに玉水の他、人の姿は見えませんか」

竜晴はさらに問うた。ここには人型の抜丸がいる。術が効いていれば、人型になったその姿が見えるはずだ。

しかし、他には誰も見えぬと、貞衡は答えた。やはり、術は貞衡に効いていない。

やがて、泰山が薬を煎じて戻ってきた。泰山と抜丸で玉水の頭を抱え上げ、急須の吸い口から煎じ薬を少しずつ含ませる。ほどなくして薬が喉を通ると、玉水は少し噎《む》せた後、意識を取り戻した。

「玉水、大事ないか。私が分かるか」

泰山が玉水の背をさすりながら問う。

「たいざん……先生」

玉水の口がゆっくりと動いた。

「よかった……」

と、小ぎんが顔を覆って呟く。玉水は何か言いたそうに体を起こしかけたが、

「まずは薬だ」と泰山がそれを止める。だが、

「小ぎん殿にその人形を渡すことだけ、許してやってくれ」

竜晴が横から言葉を添えた。玉水は意識を失っている間もずっと、小ぎんの本体である人形だけは手から放そうとしなかったのだ。泰山はそのことに気づくと、黙ってうなずいた。

竜晴が小ぎんを促すと、小ぎんは恐るおそる玉水の前にやって来た。

「小ぎんちゃん、これ。小ぎんちゃんのお姉さんの……」

「ええ。お姉さまの人形。そして、私の本体よ」

「小ぎんちゃん、自分が付喪神さまだって分かってるの？」

玉水は目を瞠った。

「ええ……。本当はずっと分かってたのに。ごめんね、玉水ちゃん」

小ぎんは玉水の手から本体の人形を受け取った。その瞬間、付喪神である小ぎんの体がほのかに明るい光を帯びた。皆が驚いている間に消えてしまったが、

「一助っ！」

その後すぐ、小ぎんが声を上げた。一助が目覚めたのだ。自力で起き上がると、小ぎんの姿にほっと安堵した表情を浮かべている。

「お嬢さま、ご無事だったのですね」

「一助こそ無事でよかった。お前がちゃんと往生できなかったら、私はお姉さまに申し訳なくて」

小ぎんは涙を浮かべつつ、

「あの時、玉水ちゃんとお前を置き去りにして、本当にごめんなさい」

玉水と一助に向かって、頭を下げた。

「二人が逃げてと言ってくれたあの時、お姉さまの声も聞こえたの。言われた通り、逃げなさいって」

その声にはどうしても逆らえなかったと、小ぎんは告げた。

「それでよかったのです。おぎん殿がお嬢さまを守ってくれていたのですね」

　一助は小ぎんに優しい眼差しを向けて言う。小ぎんが言葉もなく涙を袖で拭う姿に、その場の雰囲気は和らいでいった。

「一助殿よ。八尾の妖狐に捕らわれていたせいで弱っていると思うが、具合はいかがであろう」

　竜晴が問うと、一助は確かに弱っているが徐々に回復していると答えた。

「一助殿に薬湯は効かないだろうか」

　泰山が首をかしげつつ、竜晴と一助を交互に見る。

「本来の体を器として、野狐から気狐へ進化した玉水と異なり、一助殿の元の体はすでにないからな。それより、小ぎん殿の本体と共にあることが一助殿の回復になっているようだ」

「なるほど。ならば、薬湯は玉水だけでよいな」

　泰山の指示で、玉水は残りの薬湯を飲み、少しずつ顔色もよくなっていった。

「宮司さま」

　やがて落ち着くと、玉水は竜晴に目を向けた。

「あの晩、行かせてくれてありがとうございました。それに、小ぎんちゃんと一助さん、私のことも約束通り、助けてくれて」

「うむ。危険を覚悟するよう伝えたが、お前もよく耐えたな」

竜晴の言葉に、玉水はえへへと少し照れながらも嬉しそうに笑う。

「どういうことだ。玉水は勝手に出ていったのではなく、竜晴と話した上での行動だったというのか」

泰山が顔色を変え、玉水に問うた。

「え、そうですけど。泰山先生は聞いていないんですか」

玉水はむしろ驚いている。

「竜晴と約束したなどとは聞いていない。私は玉水が勝手に脱け出し、それを知っていながら、竜晴が見て見ぬふりをしたのだとばかり」

「私が勝手に脱け出そうとしたことと、宮司さまがそれを知っていたことは合ってますけど……。宮司さまからは止められたんです。行けば、八尾の妖狐が待ち構えているって。でも、私は、たとえ罠《わな》でも小ぎんちゃんを助けに行きたいって言いました」

その際、妖狐に捕らわれるのも覚悟できるのかと問われ、玉水は覚悟すると答えた。ならば、行ってもよいと竜晴から許され、玉水は神社を脱け出したのだ。その際、竜晴は何があっても玉水を救うと約束した。

「私も同じです」

玉水の話が終わると、一助が口を開いた。

「私も宮司殿から約束していただきました。必ず救い出すから、心を強く保つように、と――。捕らわれている間には絶望しかけた時もありましたが、約束通り、宮司殿は私の心が折れる前に助け出してくださいました」

「竜晴、お前はどうしてそのことを話してくれなかったんだ」

泰山が竜晴に強い語調で訊いた。

「お前が何も言わないから、私はお前が玉水をおとりにしたと勘違いし、お前を責めてしまった。とんだ間抜けではないか」

「玉水と一助殿が危うい目に遭うと知って、行かせたことに変わりはない。おとりにしたと言われても仕方ないと思った。第一、あの時、私が今の話をしたところで、言い訳をしているようにしか聞こえまい」

竜晴が言うと、泰山は返すべき言葉を失くした様子で、ぐっと口をつぐんだ。

「え？　え？　どういうことですか。宮司さまと泰山先生は喧嘩してるんですか」

玉水が困惑気味に、二人の顔を交互に見ながら言う。

「よく分からないけど……。私が危ない目に遭ったのは、宮司さまのせいじゃありません。宮司さまが止めてくださったのに、私が行きたいとお願いしたんです。あの時、行かせてもらえなかったら、私はたぶん宮司さまを恨んでいました」

玉水が泰山に向かって懸命に訴える。「私も同じです」と一助がそれに続く。

「宮司さまのことを怒っているのなら、どうか許してあげてください、泰山先生」

仲たがいの原因を作っているのが泰山の方だと察したらしい玉水が、さらに一生懸命な口ぶりで言う。一助からも頭を下げられた泰山は、やがてふうっと大きな溜息を吐いた。

「許してもらわねばならないのは、むしろ私の方だ。私は勘違いから竜晴を責め、その内心の苦しみにも気づかなかった」

泰山は居住まいを正すと、「申し訳なかった、竜晴」と深く頭を下げた。

「お前がそう言ってくれてありがたい。だが、お前に謝る理由があるとは私には思えない。互いに謝るべき理由がないのであれば、初めから我々の仲たがいなどなかったということで、よいのではないか」

竜晴が淡々と言うと、泰山は今度は小さく息を吐き出し、

「お前は相変わらずだな」

と、呟いた。

「医者先生よ、竜晴の今の言葉に先生はどう答えるのだ」

小烏丸が気がかりそうな口ぶりで急かした。

「どちらも謝る必要がないのであれば、何もなかったのと同じだと思うぞ、医者先生よ」

抜丸が気忙しげに言い添える。

「分かった。非は私にあると今も思うが……。だが、だからこそ竜晴の言葉に従おう。私たちに仲たがいなどなかったということでいいんだな」

泰山は竜晴にまっすぐな目を向けて訊いた。

「ああ」

竜晴はうなずいた。いつもならこれ以上は何も語らないところだが、この時はな

ぜか、口がさらに動いた。

「お前が本気で玉水を案じ、私にも本音でしゃべってくれたことを、ありがたいと思った。これが私の本心だ」

泰山は穏やかな笑みを浮かべ、ゆっくりとうなずいた。

「よかったあ。お二人は仲直りしたんですね」

玉水がいつもの能天気な声で言う。

「おぬしは今の話を聞いていなかったのか。二人は初めから仲たがいなどしていなかったのだ」

抜丸がいつもよりは若干控えめながら、厳しい口調で言う。

「え？ そうなんですか。でも、人間は喧嘩をして仲直りする度に、どんどん仲良くなっていくそうですよ。だったら、お二人はもっと喧嘩した方がいいんじゃないですか」

「ええい、おぬしはもう黙っておれ。話がややこしくなるだけだ」

小烏丸が言い、「まあ、いつものことではないか」とアサマが言う。その時、一同の様子をじっと見ていた貞衡が首をかしげながら口を開いた。

「何やら、巫女見習い……いや、気狐殿であったか、誰かと話をしているふうだな。それに、カラスの付喪神殿とアサマも互いに意が通じ合っているようだ」

「伊勢殿のおっしゃる通りです」

竜晴は告げた。たとえ声を聞き取ることができなくとも、貞衡はもう付喪神の存在を知っており、隠す理由はない。

「伊勢殿のお目には見えぬ付喪神がおり、私たちはその者も含めて話をしておりました。そして、カラスの付喪神は小烏丸といい、平家御一門の太刀の付喪神。また、アサマもふつうの鷹ではなく、伊勢殿がお持ちの弓矢の付喪神なのです」

「何と。それでは、アサマがしゃべっている言葉が、ここにいる皆には分かるということですか」

「そうですね。泰山は私の術が効いておりますから」

「なるほど。にわかには信じがたいが、賀茂殿がおっしゃるなら真実であろう」

自分を納得させるように、貞衡は呟く。

「この術が伊勢殿に効かぬことについては、これからしかと調べるつもりです。が、その前に、まずはあの八尾の妖狐の始末をつけねばなりません」

「おお、その討伐にはそれがしも加わりますぞ」

貞衡は意気込みを見せて言った。「お願いいたします」と竜晴は返す。

「実は、あの妖狐の行き先には心当たりがあります。寛永寺の大僧正さまにもお越し願いたいので、まずは小烏丸を使いに出してよろしいでしょうか」

竜晴は貞衡の許しを得ると、小烏丸に天海への言伝を頼んだ。「了解した」と小烏丸が空へ飛び立っていく。

「宮司殿よ。それがしも我が主と共に行きたい。主に許しをもらってくれぬだろうか」

アサマが言い、竜晴はその言葉を貞衡に伝えた。貞衡はアサマを見つめ、「よかろう」と信頼のこもった言葉を返す。

「ならば、抜丸は私と共に来てくれ。泰山と玉水は、小ぎん殿と一助殿を連れて小烏神社へ戻っていてほしい」

竜晴の言葉にそれぞれがうなずいたが、「宮司さま」と玉水だけが言葉を返した。

「私も連れていってください」

先ほどまでのほわんとした雰囲気は消え、必死の眼差しであった。

「泰山先生のお薬を飲んで、元気になれました。それに、宮司さまに助けられる前、姫さまのお姿を見たんです。勇気を出すようにと励まされました。その言葉をお聞きしたら、何だか前より強くなれた気がするんです」

「お前は八尾の妖狐から目をつけられている。くり返しになるが、危うい目に遭うかもしれぬぞ」

「大丈夫です。私も宮司さまを助けて戦いたいのです」

「よかろう。ならば、お前もついてきなさい」

竜晴は玉水も討伐の人員の中に加えた。それから貞衡が供の人選を行い、支度が調《ととの》うのを待って、一同はいよいよ出発となる。

「して、我々はどちらへ向かえばよいのですか」

貞衡が竜晴に問うた。

「御城の大手門近くでございます」

竜晴は目を南西の空へと向け、力強い声で答えた。

二

大手門の近くには、平将門《たいらのまさかど》の首を祀《まつ》った塚がある。かつて東国で挙兵した平将門は、一族の平貞盛《さだもり》と俵藤太《たわらのとうた》の連合軍に討たれ、首を斬られた。将門の首は京へ運ばれ、七条河原にさらされたのだが、朽ち果ててはおらず、己の胴を求める言葉を吐いたという。胴を見つけたら首につけて、もうひと戦《いくさ》しようと言ったのだ。

その後、将門の首は胴を求めて、東国へと飛び去っていき、今の江戸の大手門付近に落ちた。首はその地に葬られ、将門の首塚となって今も残っている。

しばらくの間、首はこの地に住む人々に祟ったそうだが、やがて首を護持する寺社が創建され、祟ることはなくなった。神田明神では平将門を祀り、今では江戸の地を守る神として敬われているが……。

貞衡の屋敷からさほど遠くもない大手門近くの将門塚へ到着した時、ここで落ち合う約束の天海はまだ来ていなかった。一方、使いとなった小烏丸はすでに到着していて、竜晴の姿を見るなり舞い降りてきた。

「大僧正は頼まれていた品を持って、用意ができ次第向かうと言っていた」

と、天海からの言葉を伝える。

「ここで、妖狐と遭遇しなかったか」

小烏丸は見ていないと言う。竜晴は将門塚の様子を探った。盛り土がされた塚には人の頭より少し大きめの石が載せられ、背後には榊《さかき》の木が生えている。これといって乱れたところはないようだが、竜晴は石の下の土に目を留めた。

「何か気になることでも？」

貞衡が横から声をかけてくる。

「ここを御覧ください」

竜晴は石の右端の下を指さした。

「このへこみは、長い間、石が置かれてできたものでしょう。これが見えるということは、石が動かされたことに他なりません」

「八尾の妖狐でしょうか」

「その見込みが高いと思われますが、なぜこれだけしか動かしていないのか」

あるいは、大きく動かした後、元に戻そうとして、こうなったのか。竜晴は考え込んだ。

かつて八尾の妖狐が玉水に憑いた時、この江戸に眠る怨霊がよみがえると予言していた。それが将門の怨霊を指していたことは、妖狐が将門塚方面に逃げ去ったことから、ほぼ間違いないだろう。

問題は、八尾の妖狐が将門の怨霊とどう関わるのか、という点である。

かつての妖狐は将門の怨霊に立ち向かうべく、自分と手を結ぶよう竜晴に要求した。

だが、妖狐の狙いが「怨霊から江戸の町を守ること」などでないのは明らかだ。あわよくば、混乱を利用して人々を恐怖に陥れ、自分は自分で人の魂を食らい、力をつけようというつもりだろう。

ただ、先の言い分によれば、将門の怨霊は妖狐にとっても敵と考えられる。竜晴との連携が叶わなくなった今、妖狐は次なる手をどう打つつもりなのか。もしかしたら、将門と手を結ぶ、あるいは自らが将門を従える——そんなことを目論《もくろ》んでいるかもしれない。

「伊勢殿、これは推測ですが、妖狐は将門公の力を利用すべく塚を暴こうとした恐れがあります。しかし、将門公はかつてこの国を震え上がらせた怨霊であり、妖や怪異などとはいわば格が違う」

竜晴の言葉に、貞衡は深くうなずいた。

「確かに、将門公は今では神として祀られておりますからな」

「はい。それゆえ、ほんの少し塚を動かしただけで、妖狐は将門公の怒りに触れ、この場から立ち退かざるを得なかったのではないでしょうか」

「では、妖狐の脅威は去ったと？」

「それはありますまい。いったんは立ち去ったものの、隙をうかがっているのではないかと思われます。仮に将門公の力を利用できずとも、我々のことは倒したいはずですから、いったん退いたのかもしれません」

「では、ここで待ち受けていればよいのですな」

貞衡は表情を引き締めて言い、竜晴は無言でうなずいた。

貞衡にはアサマの本体である弓矢を持参してもらっている。いざとなれば、アサマが本体へ戻り、その呪力を用いて妖狐を射れば、大きな打撃となろう。

「狐を狩るのであれば、それがしが上空から見つけて、我が主に知らせよう。なに、鷹狩りならば任せてくれ」

　と、アサマが口を挟んできた。

「鷹狩りの要領とは違うが、妖狐が襲ってくるのをただ待つより、こちらから仕掛けるのもよいかもしれぬ」

　竜晴が言うと、小烏丸が「それならば」と色めき立つ。

「我もアサマと共に妖狐を追い立ててこよう」

「小烏丸殿は狩りの経験があるのか」

　狩るというより狩られる側ではないのかと、アサマは不安そうな眼差しを小烏丸に向ける。

「何だ、その目は」

　小烏丸がアサマに訊き返すと、「いや、何も」と慌てて目をそらした。

「では、両名に妖狐を捜しに行ってもらおう。ただし、攻撃はしないように。特に、アサマよ。鷹狩りとは違うことを忘れないでくれ」

「承知した」

「そして、私たちのいるここへ妖狐を追い込むこと。奴はあたかも羽を持つかのような凄まじい跳躍力を持つ。それも忘れぬように」

「分かった。だが、我らの飛翔には敵《かな》うまい。のう、アサマよ」

小烏丸の言葉に、アサマも「まったくだ」と同意した。こうして羽を持つ二柱の付喪神たちは、妖狐を追い立てるべく、空へ飛び立っていった。

「付喪神と聞いてはいても、鷹とカラスが仲良く飛ぶ姿を見るのは妙なものですな」

貞衡が感心した様子で、二柱の付喪神たちの姿を目で追っている。

天海を乗せた駕籠が到着したのは、小烏丸たちが飛び立ってすぐのことであった。

「賀茂殿よ。お望みの品はこちらにお持ちした」

天海は駕籠から降りるなり、手にしていた巻物を竜晴に渡した。

「それは……」

貞衡が首をかしげている。

「上さまが絵師に描かせた八尾の狐の絵じゃ」

天海が言い、貞衡が「おお」と声を上げる。

「これが、この度の妖退治に入用なのでございますな」

「はい。間もなく小烏丸とアサマが妖狐を追い立て、ここへ戻ってくるでしょう。とにかく妖狐を将門塚に近付けぬこと、これを最優先としてください。塚が妖狐に暴かれれば、何が起こるか分かりません。妖狐との戦闘には付喪神たちも加わりますから、お二方にはその支援をお願いします。伊勢殿はアサマの弓矢をお使いになるのがよろしいかと」

竜晴の言葉に貞衡は「承知した」と弓を手にうなずいた。

それから、竜晴は抜丸の人型を解いて白蛇の姿に戻し、さらに玉水にも狐の姿に戻るよう勧めた。

「はい。私の牙と爪で、あいつの皮を剝いでやります」

狐の姿に戻った玉水はやる気をみなぎらせている。

「あ、竜晴さま。御覧ください」

必死に鎌首をもたげた抜丸が、誰より早く空の異変に気づいた。北東の空から黒雲が凄まじい速さで流れてくる。暴風が吹きつけてきて、雷も鳴り始める。その黒雲と共にこちらへ向かってくるのが、禍々しい光を放つ火の玉であった。

「では、皆さま、よろしくお頼みします」

竜晴は一同に声をかけると、将門塚の前に陣取り、術を行使するための準備に入った。

「あれが、妖狐……」

玉水は空を見上げながら茫然と呟く。

妖狐は空を駆けるように移動している。そして、その後ろからはカラスと鷹が妖狐を追い立てていた。

「怖気づいたか、玉水」

抜丸が叱りつけるように言った。

「いいえ」

玉水は全身をぶるっと震わせ、力強く返事をした。

「絶対に負けません」

「その意気だ」

と、抜丸が玉水を励ました時にはもう、妖狐の凶悪な顔が将門塚の上空付近まで近付いていた。今の妖狐はとてつもなく巨大である。それ自体が生き物のようにうごめく尾は八本。ふつうの狐と大差ない大きさの玉水は、妖狐の尾一本分くらいしかない。

その化け狐に、一同は一歩も退くことなく立ち向かおうとしている。

妖狐は将門塚を背にして立つ一同と対峙するべく、着地の構えを見せた。

「我が主よ」

風を切り裂くような勢いで飛んできたアサマが、高らかな声で鳴く。その言葉が聞き取れたはずはないのだが、まるで息を合わせたかのように、貞衡がアサマの本体の弓に矢を番《つが》えた。

アサマはそのまま光となって弓矢の中に吸い込まれる。貞衡は迷うことなく矢を放った。その矢はふつうに放たれたものよりはるかに速く飛んでいき、地面に降り立とうとした妖狐の足に的中した。赤黒い血が地面を汚し、妖狐が怒号の咆哮を放つ。

「おのれ、将門の器めが」

妖狐は人語を操った。この言葉は貞衡や家臣たちにも聞き取れるもので、「将門の器とは何のことだ」と疑問の声を漏らす者もいる。が、妖狐から答えを引き出せるはずもなく、その憎悪に燃える両眼は貞衡を睨み付けていた。

「殿と大僧正さまをお守りせよ」

貞衡の家臣たちが貞衡と天海を守るように立ち、刀を抜き放つ。妖狐はその他の人間など目にも入らぬ様子で、貞衡目がけて跳びかかってこようとした。その時にはもう天海が呪を唱え始めており、

「不動の金縛り！」

と、妖狐に術をかけた。一瞬、妖狐の動きが止まり、玉水がその機を逃さず、妖狐の喉元に食らいつく。

「よくやった、玉水」

抜丸が言い、妖狐の首に巻き付いた。両名で力を合わせ、妖狐の動きを封じにかかる。

「よし」

貞衡は再び矢を番え、妖狐の眉間へ向けて放った。ところが、その瞬間、妖狐が頭を振り上げた。不動の金縛りの術が弱まったのだ。貞衡の放った矢は当たらず、妖狐の後方へ飛んでいく。

妖狐が上半身を揺さぶるのにつれ、首に絡みついた抜丸はともかく、玉水は振り落とされそうになった。だが、それでも玉水は妖狐の喉元に食らいついたまま必死に耐えた。

やがて、妖狐は玉水のしぶとさに根負けした様子で、上半身を動かすのをやめた。次の瞬間、妖狐の全身の毛が暗赤色の光を放ち始める。

その禍々しい光は取りついた玉水や抜丸の体を徐々に覆っていく。抜丸は苦しみ始め、妖狐の首から振り落とされてしまった。玉水はなおも妖狐から離れなかったが、そのうち、

「大僧正さま。妖狐の尾が……」

貞衡が驚愕の声を放つ。

八本だった妖狐の尾が一本増えかかっているのだ。ただし、他の八本に比べて放つ光が弱いので、まだ完全でないのが分かる。

「いかん。玉水の霊力を吸い取り、尾を増やそうとしておるのじゃ」

天海が焦慮の声を放った時、黒い塊が妖狐の目に跳びかかった。小烏丸である。玉水に気を取られていた妖狐の目に、小烏丸は容赦なく嘴《くちばし》を突き立てた。

妖狐の喉から声にならぬ怒りが放たれる。妖狐は再びのたうち回り、玉水も一緒に振り回された。

「玉水よ」

すばやく妖狐から距離を取り、無事を保った小烏丸が呼びかけてきた。

「おぬしも小烏神社の気狐であるなら意地を見せるがいい」

「まったくだ。私はおぬしを柔《やわ》に育てた覚えはないぞ」

地面に振り落とされた抜丸もすかさず言う。

その声は朦朧としかけていた玉水の心に届いた。こんな時ではあったが、玉水は泣きたいほど嬉しかった。冷え切った心に温かい湯が沁み込んでくるようだ。

（小烏丸さん、抜丸さん。私も皆さんの仲間にしていただけるんですね）

心の中で思っただけだが、なぜか二柱の付喪神たちに通じているという気がした。それがただの思い込みでない証に、二柱の付喪神たちの声が玉水の心に届く。

――何を愚かなことを。おぬしはずっと我らの弟子であろう。

（ああ、よかった。私はもう独りぼっちじゃない！）

そう思った瞬間、体の奥から力がみなぎってきた。先ほど飲んだ薬湯のせいか。

いや、付喪神たちからかけてもらった言霊の力か。いずれにしても、負ける気がしない。

(私は強くなれる)

玉水は妖狐の喉元に食らいついたまま、みなぎる力を外に放出した。その瞬間、玉水の体が白金色に輝いた。それは玉水を呑み込もうとしていた暗赤色の光を妖狐の方へ押し流していく。

同時に、妖狐の九本目の尾は消えてしまった。

妖狐は激しく苦しみ出した。抜丸と小烏丸がすかさず攻撃態勢を取る。抜丸は妖狐の首を絞め、小烏丸はその嘴で妖狐のもう一つの目を狙った。

「支度は調った!」

その時、凜《りん》と響く竜晴の声がした。

竜晴を妖狐の目に触れさせまいと壁を作っていた者たちが、その前から身を避《よ》ける。竜晴と妖狐との間に誰もいなくなった。

玉水と付喪神たちもすかさず妖狐から離れる。

邪《よこしま》なるもの、縛《ばく》して永遠《とわ》に解き放つまじ
オン、デイバヤキシャ、バンダ、バンダ、カカカカ、ソワカ

竜晴は印を結んで呪を唱えた。その前には将軍が絵師に描かせた八尾の狐の絵が置かれている。

「グオォー」

竜晴に向かって跳びかかってきた八尾の妖狐は、そのまま絵の中に吸い込まれていった。

竜晴はすかさず片手で絵を丸めると、「封印、すでに了《おわ》んぬ」と静かに告げて印を解く。

八尾の妖狐の討伐は無事終了した。

貞衡の家臣たちの口から「わあ」と歓声が上がり、天海と貞衡は竜晴のもとへ駆けつけた。

「よくぞ成し遂げてくださった」

天海が竜晴に労《ねぎら》いの言葉をかけ、貞衡は「見事な連携を見せていただきました」と笑顔を見せる。その眼差しは、少し離れた地面にのびている小烏丸、抜丸、玉水へと流れていった。

「彼らを労わねばなりませんね」

竜晴は絵を天海の手に返すと、三名のもとへと向かう。小烏丸と抜丸は意識があったが、玉水はすっかり疲れ切った様子で目を閉じていた。

「よく頑張ったな」

竜晴がその頭に手を差し伸べた瞬間、異変が起きた。玉水の体から先ほどの戦いの時と同じような白金色の光が放たれたのだ。

「これは、いったい……」

思いがけない事態に、天海と貞衡も驚いている。

「私にも初めてのことなのですが、禍々しい気配はありません。むしろ、清浄なる気が感じられるのですが」

竜晴は玉水から目をそらさずに述べた。

玉水の体を包む白金色の光は徐々に収まっていった。光が失せた時、玉水は目を開き、元気も取り戻しているようであったが、元に戻らぬものもあった。玉水の毛の色である。いわゆる狐色だったそれは、今では白金色に変わっていた。

「もしや、お前、気狐から空狐になったのではないか」

竜晴の言葉に、玉水は自分の手をしげしげと見つめ、それから「そうみたいです」と他人事のように答えた。

「待て待て。おぬしは空狐がいかなるものか分かっているのか」

「そうだぞ。毛の色が変わっただけで、進化したと言ってよいのかどうか」

抜丸と小烏丸が争うように玉水の世話を焼こうとする。

「でも、空狐になったのは間違いないです。どうしてかは分からないけど、分かるんです」

「まあ、宇迦御魂に聞けばはっきりするだろう。いずれにしても、玉水は成長したようだ」

竜晴の言葉に、玉水は嬉しそうに笑った。

こうして八尾の妖狐は無事に封印されたので、一同は引き揚げることになったが、将門塚の石が妖狐によってわずかでも動かされたことは気にかかる。竜晴と天海は、

とりあえず今の将門塚に異変はないようだと確かめつつも、

「今後も気を配るといたそう」

と、天海は約束した。

「ところで、妖狐が伊勢殿を『将門公の器』と言ったのをお聞きになられたか」

小声で尋ねる天海に、竜晴はうなずいた。だが、その呼称が何を指すのかまでは分からず、貞衡本人にも尋ねてみたが、

「はて、それがしにも何のことやら。そもそも、それがしは将門公の子孫でもありませぬし」

と、貞衡も困惑していた。

「いずれにしても、あの言葉は伊勢殿に向けられたものでしょうから、妖狐の脅威が消えたとはいえ、引き続きご用心なさるのがよろしいと存じます」

竜晴の言葉に、貞衡はしかとうなずき、

「この度も賀茂殿にお助けいただき、まことに感謝申し上げる」

と、改めて頭を下げた。

この日の話はそれで終わり、一同はその場で解散することになった。天海は寛永

寺へ、貞衡と家臣たちは神田の屋敷へと帰っていき、本体から姿を現したアサマは貞衡の腕にとまったまま、連れ帰ってもらう様子である。

竜晴たちも小烏神社へ帰ることになったが、玉水は狐のまま町中を歩くわけにはいかない。

「人に化ける力は残っているか」

竜晴が問うと、少し考えた末、「大丈夫みたいです」と玉水は答えた。そして、それから「えいっ」と掛け声をかけ、人間の少女の姿になった。

「おぬし、いつもと違うぞ」

「これはどうしたことだ」

抜丸と小烏丸がまた騒ぎ始める。

人間の少女の格好は同じなのだが、今までは七つ八つほどの子供であったのに、今は十歳ほどに見える。背も伸び、手足もすらりと長くなっていた。

「おぬし、まことに雄の狐なのか」

ますます女らしくなった玉水に、小烏丸が疑いの声を投げかける。

「そうですよ。でも、人間になる時は女の人が落ち着くんです」

玉水は言い、その場にしゃがみ込むと、小鳥丸を抱え上げ、抜丸の前に手を差し伸べた。抜丸は何か言いたそうな様子を見せつつも、素直に玉水の掌にのる。

玉水は立ち上がると、抜丸を袂《たもと》に入れ、小鳥丸を胸に抱いて、

「帰りましょう、宮司さま」

と、明るく弾むような声で言った。見た目ばかりでなく、口の利き方もどことなく大人びたようであった。

三

やがて、竜晴たちが小鳥神社へ帰ると、小ぎんと一助、それに泰山が待ち受けていた。皆は玉水の見た目の変化に驚きはしたものの、もとよりその正体を知る者たちであったから、さほどの動揺もなく受け容れたようである。

問われるまま、竜晴が八尾の妖狐を封印した経緯について語り、玉水の頑張りについては小鳥丸と抜丸の口から、おおよそのところが語られた。

「よかった……。もうこれ以上誰も犠牲にならないで済むのですね」

小ぎんは涙ぐんで頭を下げた。

「私が愚かだったせいで、多くの男の人たちが犠牲になってしまったけれど……」

「それは、小ぎんちゃんだけのせいじゃないし、悪いのはあくまでも妖狐だよ。小ぎんちゃんが手助けしなくたって、妖狐は同じことをしたはずだし」

と、玉水が小ぎんを慰める。

「でも、妖狐に食われた男の人たちにも、大切な人がいて、その人たちは今、悲しんでいる。昔、私がお姉さまを失った時みたいに……」

「そのことが分かったのなら、あとは自分で納得のいく償いをするしかあるまい。小ぎん殿と一助殿はこれからどうするおつもりか」

竜晴はそれぞれの目を見据えて問うた。これまではおぎんを捜すという共通の望みを持って、共に行動してきたが、その望みはもはや潰《つい》え去った。この先、どうするのかはそれぞれが答えを出さなければならない。

「私はすでに死した身。いつまでもこの世にいることは道理に反します」

先に一助が口を開いた。その眼差しは澄み切っている。

「できますならば、私を彼岸へ送っていただけないでしょうか」

「承知した。あなたをおぎん殿のもとへ送って差し上げよう」

竜晴はしかとうなずき返した。

「小ぎん殿はいかがする」

「私は……」

小ぎんは少し言い淀んだ後、

「まずは、一助が成仏するのをここで見届けさせてください。私のことはそれからお話しいたします」

と、告げた。

「よろしい」

竜晴はうなずき、一助に目の前に座るよう促した。一助は小ぎんに「お別れします、お嬢さま」と頭を下げると、竜晴の前に進み、両手を合わせた。

「一助殿、妖狐のもとから逃れ出た時、あなたの心はすでに救われている。ゆえに、このまま心置きなく彼岸へ渡りなさい」

竜晴は静かに告げると、印を結んだ。

火途《かず》、血途《けちず》、刀途《とうず》の三途《さんず》より彼を離れしめ、遍《あまね》く一切を照らす光とならん

オンサンザン、ザンサクソワカ

竜晴が印を結んだ手を高く振り上げると、一助の体はそのまま白い光に変じ、屋外へと流れ出ていった。

「一助ー」

小ぎんがその光を追いかけるように立ち上がり、障子を開けて縁側へ飛び出す。一助が彼岸へ行くと言ってから、さほど動じていないように見えた小ぎんは、今になって冷静さを保てなくなったようだ。

小ぎんは縁側に出たまま、なかなか居間へ戻ってこなかった。中の者たちは互いに顔を見合わせていたが、やがて玉水が立ち上がる。

「小ぎんちゃん」

小ぎんの後ろから遠慮がちに呼びかけた。

「私はね、ずっと一助のことを疎ましく思ってきたの」

小ぎんは庭の方を向いたまま、問わず語りにしゃべり出した。澄んだその声は、部屋の中にいる竜晴たちにもよく聞き取れる。

「お姉さまの許婚のくせに、お姉さまを守り切れなかった情けない男だって。もちろん、一助がお姉さまを助けようと命を落としたことは、分かってた。それでも、他に誰を責めることもできなくて」

「小ぎんちゃんは、一助さんを責めたんだね？」

「そう。私は一助にずっとつらく当たってきたの。でも、一助は一度も私に怒ったりしなかった。いつも、悲しそうな目で、黙って私を見つめるだけで……」

小ぎんの声は次第に小さくなっていく。

「本当は、一助さんに謝りたかったんだね」

玉水は優しい声で尋ねたが、小ぎんの返事はなかった。会話が途切れると、沈黙が落ちた。

竜晴は立ち上がり、縁側に向かった。

「つらく当たられても小ぎん殿から離れなかったのは、それが一助殿の救いともなっていたからだろう」

竜晴の言葉に、小ぎんははっとした様子で振り返った。

「どういうことですか」

「私は一助殿を助け出す際、その魂に呼びかけ、心の一端を知った。一助殿はおぎん殿を救えなかった自責の念に苛《さいな》まれていた。そういう時、誰からも責められないのはむしろ苦しい。だから、小ぎん殿から咎められることで、一助殿も救われていたのだ」

竜晴の言葉に聞き入っていた小ぎんは、やがてそっとうつむいた。涙がひとしずく縁側に落ち、小ぎんは小さな肩を震わせた。

「小ぎんちゃん、ここで一緒に暮らそうよ」

玉水が唐突に声をかける。

「一助さんはお姉さんのところへ行ったし、小ぎんちゃんにはもう旅をする理由はないでしょ。ここには、小ぎんちゃんと同じ付喪神さまだっているんだし」

声を立てずに泣き続ける小ぎんは、すぐに返事ができそうにない。答えを求めるように、玉水は竜晴を見つめた。

「私はかまわぬ」

竜晴が言うと、小烏丸と抜丸が先を争うように、

「竜晴がよいのなら、我も否やはないぞ」

「私も弟子として受け容れましょう」

と、言い出した。泰山はほっとしたような表情を浮かべている。

ややあってから、小ぎんは涙をぬぐい、顔を上げた。

「ありがとうございます、皆さん」

涙はまだ乾いていなかったが、小ぎんの笑顔はこれまで見たこともないほど明るいものであった。

「それじゃあ」

玉水も晴れ晴れと明るい表情になって言う。

「ですが、こちらでお世話になることはできません」

そう続けた時、小ぎんの顔から笑みは消えていた。だが、きりりとした眼差しは明るく、迷いは見られなかった。

「行く当てがあるのか」

竜晴は静かに尋ねる。小ぎんも静かに「いいえ」と答えた。

「最後に一つお願いがございます」

　小ぎんはまっすぐな眼差しを竜晴に据えて語り出した。

「私はずっと人間になりたいと思い続けてきました。心からお姉さまの妹になりたいと願い、人として生き、人として死にたい、と――。付喪神の命は人に比べれば本当に長い。長い寿命は本来なら喜ばしいものでしょうが、私には呪わしいのです。お姉さまがいない世に生き続けても甲斐はないのですから」

　ずっと胸に溜めてきた思いを言葉にすることができ、小ぎんは晴れ晴れとした表情をしている。

「ですから、どうか、私の本体を人のように弔っていただけないでしょうか」

　小ぎんは両手を胸の前で合わせ、祈るように告げた。

「人を弔う場合は、土葬か火葬だが……」

「火葬でお願いいたします」

　小ぎんの返事には一片の迷いもない。

「そんなことしたら、小ぎんちゃんは消えちゃうのに」

　玉水が泣き出しそうな声を上げた。

「小ぎん殿はそれをこそ望んでおられるのだ」

竜晴が玉水に告げる。小ぎんはその通りだというように、玉水にうなずいた。

「命あるものはそれが尽きれば彼岸へ渡る。されど、付喪神のそなたが、おぎん殿や一助殿と同じところへ行けると約束はできかねる。それでもよろしいか」

「もちろんでございます」

小ぎんは竜晴の問いに答えると、両手を合わせたまま一礼した。そして、その姿はうっすらと消えていき、一筋の淡い光となって、部屋の中に置かれていた本体の人形へ吸い込まれていった。

――どうか、私の最後の願い、お聞き届けください。

小ぎんの祈りの言葉が一同の心に届けられる。小ぎんはもう付喪神としての姿で、皆の前に姿を現すつもりはないのだろう。

「小ぎん殿の本体を望み通り、火葬して差し上げよう」

竜晴は言い、人形を手にした。誰も反対する者はいなかった。

「寺で火葬してもらう手もあるが、小ぎん殿の願いを汲《く》むなら、ここで火葬するのがよいと思う」

竜晴の言葉に皆が賛同し、小鳥神社の裏庭の井戸に近いところで、火を焚くことになった。玉水が時折すすり泣きながら木の枝を集め、泰山が薪《まき》を運んだ。

用意が調うと、熾火《おきび》を枯れ枝に移し、火が大きくなっていくのを皆で待つ。誰も口を開かず、ただその時が来るまで静かに待った。

「玉水よ、頼む」

やがて、火が十分なほど大きくなったところで、竜晴は玉水に人形を託した。

「私は小ぎん殿を彼岸へ送るため、術を施す。それゆえ、小ぎん殿を火葬するのはお前に任せたい」

「私でよろしいのですか」

「お前にしてほしいと、小ぎん殿も思っているはずだ」

玉水が恐るおそる差し出した手に託された時、小ぎんの動かぬはずの表情が和らいだように見えたのは気のせいだろうか。

「私が印を結んだら、火にくべて差し上げるように」

竜晴の指示に、玉水は緊張した表情でうなずく。

やがて、竜晴は印を結んだ。玉水が火に一歩近付き、腰を屈めると、小ぎんを火にくべた。

「火途、血途、刀途の三途より……」

一助を送った時と同じ呪を唱えてから、印を結んだ手を空高く振り上げる。火葬の煙と共に、小ぎんの魂の光が空に駆け上がっていく。

「泣くな、玉水。これが小ぎん殿の望みだったのだから」

「泰山先生こそ」

「私は煙が目に入っただけだ」

「私だってそうです」

玉水と泰山が夕方の空の彼方に目をやったまま、声を掛け合っている。ややあってから、

「道の辺の尾花が下の思ひ草……」

玉水が小ぎんへの手向けのように、澄んだ声で歌い出した。

「……今さらさらに何をか思はむ」

歌い終わった後、「小ぎんちゃんが歌っていたんです。小ぎんちゃんはおぎんさんに教えてもらったんですって」と呟いた。

「思い草とは、本来は南蛮煙管のことを言うようだが、おぎん殿と小ぎん殿にとっ

ては、銀竜草こそが思い草だったのかもしれぬ。互いを思う思い草……」

竜晴は小ぎんの本体を焼く煙が昇っていく空を見上げつつ、呟いた。玉水と泰山も同じように煙の行方を追いかけている。

一方、地面に近いところでは、カラスと白蛇が互いに言葉を交わしていた。

「自ら死を選ぶ付喪神がおるとは……」

抜丸が感慨深い様子で呟く。

「それだけ主が大事だったということであろうな」

小烏丸の呟きには、とうてい言葉にはし尽くせない深い思いがこもっているようであった。

【引用和歌】

道の辺の尾花が下の思ひ草　今さらさらに何をか思はむ（作者未詳『万葉集』）

この作品は書き下ろしです。

幻冬舎時代小説文庫

●好評既刊
弟切草
小鳥神社奇譚
篠　綾子

小鳥神社の宮司・竜晴は、人付き合いが悪くて無愛想。唯一の友人は、医者で本草学者の泰山。ある日、薬種問屋の息子が毒に倒れ、彼の兄も行方知れずに。二人は兄弟の秘密に迫れるか――。

●好評既刊
梅雨葵
小鳥神社奇譚
篠　綾子

ある朝、小鳥神社の鳥居の下に蝶の骸が置かれていた。翌朝も蝶の骸があり、誰の仕業か見張ることに。そこに姿を現したのは、葵の花を手にした美しい娘だった。花に隠された想いとは。

●好評既刊
蛇含草
小鳥神社奇譚
篠　綾子

泰山が腹痛を訴える男と小鳥神社を訪れる。一向に回復しない為、助けを求めて来たが、竜晴は「自分にできることはない」とそっけない。泰山は治療を続けるが、ある時、男がいなくなり……。

●好評既刊
狐の眉刷毛《まゆはけ》
小鳥神社奇譚
篠　綾子

小鳥神社の氏子である花枝の元に、大奥にいるかつての親友お蘭から手紙が届く。久し振りの再会を喜ぶ花枝だったが、思いもよらぬ申し出を受ける。人気シリーズ第四弾。

●好評既刊
猫戯《ねこじゃ》らし
小鳥神社奇譚
篠　綾子

竜晴のもとに猫にまつわる相談事が舞い込む。かつて猫を斬った名刀を検めて欲しいというのだ。さらに江戸の墓を荒らしているものがいるとの噂が耳に入り……。人気シリーズ第五弾！

幻冬舎時代小説文庫

●好評既刊
吾亦紅《われもこう》
小烏神社奇譚
篠 綾子

小烏神社で「虫聞きの会」が開かれるが、宴の最中に医者の泰山が気になることを口にする。江戸で不眠に苦しむ患者が増えているというのだ。流行り病か、それとも怪異か――。シリーズ第六弾。

●好評既刊
梔子《くちなし》の木
小烏神社奇譚
篠 綾子

江戸に急増する不眠と悪夢。医者の泰山は、美しい少年が患者にお札を配り歩いているという噂を聞きつける。竜晴はその少年を探そうとするが、数日後、泰山が行方不明となり……。

●好評既刊
龍の髭
小烏神社奇譚
篠 綾子

小烏丸が突如姿を消し、竜晴と泰山は小烏丸を捜す旅に出る。旅先でふたりは平家一門を診ている泰山そっくりの医者に遭遇する。竜晴は中宮御所で一人の女性に出会うが……。シリーズ第八弾！

●最新刊
番所医はちきん先生 休診録七
無粋者の生涯
井川香四郎

深川の材木置き場で死んでいた娘の死因を、岡っ引に頼まれ、調べ直した八田錦。その見立てはなんと凍死。事態は、定年間近の年番方筆頭与力も巻き込んで思わぬ方向に転び始め……。全四話収録。

●最新刊
竹本義太夫伝
浄るり心中
岡本貴也

町奉行の娘に恋する貧しい百姓の五郎兵衛は美声を見込まれ、浄るりの語り手として天下一を目指すことに。人生のすべてを芸事に捧げ〈人形浄瑠璃〉に革命を起こした太夫の波乱万丈な一代記！

幻冬舎時代小説文庫

●最新刊
小梅のとっちめ灸
(五)豆助騒動
金子成人

大店の内儀・お美乃から浮世亭豆助を呼んでみたいと頼まれた灸師の小梅。豆助は神出鬼没で知られる評判の噺家で、この難題が小梅の好奇心に火をつける……。佳境を迎えるシリーズ第五弾！

●最新刊
宿敵の剣
はぐれ武士・松永九郎兵衛
小杉健治

一万八千石の葛尾藩で繰り広げられる目付と剣術指南役の権力争いに浪人の九郎兵衛も巻き込まれる。だが指南役側に彼がかつて剣術の勝負で敗れた狡猾な男がおり、再び相まみえることに。

●最新刊
婿どの相逢席《あいあいぜき》
西條奈加

小さな楊枝屋の四男坊・鈴之助は、大店の仕出屋『逢見屋』の跡取り娘・お千瀬と恋仲になり、晴れて婿入り。だが祝言の翌日、大女将から思いもよらない話を聞かされる――。傑作人情譚！

●最新刊
姫と剣士 三
佐々木裕一

剣術修行に出たはずの兄・智将が江戸に戻り、時を同じくして井伊大老が襲撃される。智将の帰郷は果たして偶然なのか？ 身分違いの恋と兄の行方に悩む伊織。切ない傑作時代小説。

●好評既刊
天下人の茶
伊東 潤

利休切腹の裏には何が隠されていたのか？ 牧村兵部、瀬田掃部、古田織部、細川忠興という高弟たちによって語られる利休と秀吉の相克。「茶聖利休」の実像に迫る歴史大作、連作短編集。

幻冬舎時代小説文庫

●好評既刊
うつけ屋敷の旗本大家《おおや》
井原忠政
大矢家当主・小太郎が甲府から江戸へ帰ると、博打で借金を作った父が邸内で貸家を始めていた。ゴロツキ博徒など曲者の住人に手を焼きつつ、借金返済と出世を目指す。痛快無比の新シリーズ！

●好評既刊
もみじの宴
居酒屋お夏 春夏秋冬
岡本さとる
男手一つで娘を育てた古着屋が殺され、娘の行方がわからなくなった。お夏でさえ頭を抱える難事件。解決のきっかけとなったのは、のんびりおっとりが持ち味のお春が発した一言だった……！

●好評既刊
殺しの影
はぐれ武士・松永九郎兵衛
小杉健治
商人殺しの真相を探る浪人の九郎兵衛。すると大塩平八郎の乱や印旛沼干拓を巡る対立など、殺しと幕府との関係が露わになり……。一匹狼の剣豪が江戸の悪事を白日の下にさらす時代ミステリー。

●好評既刊
阿茶
村木　嵐
阿茶なくば、家康の天下取りなし――。夫亡き後、徳川家康の側室に収まり、戦場に同行するも子を喪う。禁教を信じ、女性を愛し、戦国の世を生き抜いた阿茶の矜持が胸に沁みる感涙の歴史小説。

●好評既刊
江戸美人捕物帳
入舟長屋のおみわ　長屋の危機
山本巧次
お美羽が仕切る長屋が悪名高き商人に売られそうになった。救いの手を差し伸べてきたのが材木屋の若旦那だ。二枚目で仕事もできる彼は長屋を買い取ると言い、遂にはお美羽に結婚を申し込む。

幽《ゆう》霊《れい》草《そう》

小烏《こがらす》神社《じんじゃ》奇《き》譚《たん》

篠《しの》綾《あや》子《こ》

令和6年6月10日　初版発行

発行人――石原正康
編集人――高部真人
発行所――株式会社幻冬舎
〒151-0051東京都渋谷区千駄ヶ谷4-9-7
電話　03(5411)6222(営業)
　　　03(5411)6211(編集)
公式HP　https://www.gentosha.co.jp/
印刷・製本―図書印刷株式会社
装丁者――高橋雅之

検印廃止
万一、落丁乱丁のある場合は送料小社負担で
お取替致します。小社宛にお送り下さい。
本書の一部あるいは全部を無断で複写複製することは、
法律で認められた場合を除き、著作権の侵害となります。
定価はカバーに表示してあります。
Printed in Japan © Ayako Shino 2024

幻冬舎時代小説文庫

ISBN978-4-344-43392-2　C0193　し-45-9

この本に関するご意見・ご感想は、下記アンケートフォームからお寄せください。
https://www.gentosha.co.jp/e/